怪奇
博物館
The Strange Museum
104

Zashiki Warashi

座敷靈

(下)

夜不語
著

怪奇博物館

The Strange Museum

104

CONTENTS

自序

入夏，天氣越來越熱，我也適應了最近的溫度。

每每看到高達三十七度的溫度計刻度，我都不禁在想，這個世界到底怎麼了。惡劣天氣彷彿已經變成常態，人類也開始越發習以為常。

天可憐見，十年前的成都，那時候夏天最熱也不過三十一度而已。

十年，彈指一揮間，看似不久前，實則，我每一天都在成都見證著歷史。

瞧瞧，窗外不就是歷史嗎？

每年都創造的有史以來最熱的夏天。每年都在創造新低的最冷的冬天。還有春天和秋天，哦，抱歉，成都已經沒有這兩個季節了。

只有特別冷和特別熱兩種區別。

現在才五月初而已，就已經熱到三十七度了。真正的夏伏後，還怎麼得了。

轉回頭來聊聊新書吧。

《怪奇博物館》關於座敷靈的故事，終於講完了。故事很長，結局中規中矩，很有夜氏風格。本來還有另外一個結局的，但是那個結局，估計還要寫一本書才夠。

所以，乾脆就在這裡斷掉吧，今後，應該會單獨寫一個關於老王叔叔的番外來徹底解釋清楚。

博物館下一本書的故事，選材也選好了，講的是關於長江撈屍匠的詭異恐怖故事。其中會娓娓道來夜諾的小時候，以及他那酸酸澀澀的初戀……

呃，按照大綱，應該會吧。

好熱啊，撐不住了，吹空調都撐不住了，出去買點霜淇淋涼快涼快。

咱們下本書見。

謝謝大家一直以來對我的支持鼓勵。有親愛的你們，我才能從最低谷，活活把自己拔出泥潭。也許有一些讀者也知道，我去年心臟出了問題，一度在家人的強烈要求下，讓我放棄繼續寫作。

我休息了整整一年。

終於還是忍不住，在今年偷偷瞞著家人開了新書。希望我的身體能繼續堅持下去，心臟不要再出麻煩，讓我能延續夜氏的宇宙，夜氏的故事，以及繼續拚出陳老爺子的骨頭。

愛你們。

夜不語

我住你家我姓王，你有災厄我幫忙。

呵呵，我就是你家的老王叔叔，我就是你家的災厄。

我就是，恐怖的座敷靈！

——引子——

每個人的內心都有著或多或少的波瀾。內心的焦慮和不安，大多是與社會標準和個人現狀不符帶來的。

例如你考試感覺還可以，卻常常被父母拿去和別人家的孩子比。比如你工資還不錯，可是親戚會說，人家那誰誰誰，你舅婆三妹的二姨子三叔家的兒子，工資可比你高多了。

你看，這特麼莫名其妙的社會標準，造成你的焦慮。也造成你脫髮、掉髮、失眠、頹廢、抑鬱、想要自我毀滅。

但是仔細想一想，這些標準，真的有任何意義嗎？

張恒就覺得這些標準，沒有任何意義。但矛盾的是，他偏偏就在這些人類制定出來的，各種各樣的標準中，被壓得喘不過氣。

這世界沒有任何標準人生，沒有人能過標準人生。甚至沒有人，成為真正的人生贏家，因為總有些東西，是你沒有，而別人卻有的。

張恒骨子裡是個清高的人，但是他最近失眠嚴重。公司裁員了，前期已經裁掉了市場部和專案部的大部分員工。而半個月前，裁員的那把大刀終於砍向了技術部門，將自己掃地出門。

張恒快瘋了。

深夜十二點，他坐在剛買來，還有三十年貸款要還的小家，望著窗外車水馬龍、霓虹閃爍。明明窗戶也開著，高樓的風不斷刮進來，他仍舊覺得無法喘息。彷彿被世俗掐住了脖子，令他窒息。

妻子和兩個孩子在臥室睡得正熟，失業這件事，張恒自始至終不敢告訴妻子。為了買房，前期花掉了所有存款，甚至還不惜借了些錢當作首付。

借來的錢要還，房貸也要還。生活費和一兒一女兩個小傢伙的養育費、教育費，更是一筆不可少的開銷。

有工作的時候還不覺得，可一旦失業，沒有收入來源，錢就像水一樣流出去，止都止不住。他的小家庭，恐怕撐不過兩個月就會崩潰。

張恒點開電腦，看看郵箱，投出去的簡歷石沉入海，完全沒有回應。特麼自己買房子的時候，公司老闆還意氣風發，說有一筆融資，市場也做起來了，下一步是上市。

可怎麼自己剛買房子，情況就急轉之下？

早知道就別在乎世俗的眼光，硬撐著要買這套房了。張恒很後悔，買房這個決定，純粹是自己腦袋出問題，虛榮心作祟。經不起老爸老媽說自己這個年齡的朋友，誰誰誰哪裡買了房，哪個人又買了第二套。

不然至少現在還有存款可以撐過這一段時間。

現在大環境不好，工作怕是不好找啊。

張恒歎了口氣，正在關閉電腦的瞬間，突然手機亮起來，螢幕上彈出一則朋友消息。

「喲，你好。小恒恒，好久不見了。」

張恒下意識的看看這個打招呼自來熟的人，這人的頭像戴著一張森白的面具，沒露臉，看起來令人很不舒服。

「你是誰？」

「我是你老王叔叔啊。」

老王叔叔？張恒想了想，仍沒想到這個自稱是老王叔叔的人到底是哪門子親戚。

他在手機裡翻了翻，這個人沒有任何資訊，但的確在自己親戚的分組裡。

這傢伙，難不成是自己哪個八竿子打不著的親戚，當初回老家的時候順手加了他，之後就徹底給忘了。

「老王叔叔，你好。」張恒順手一回，渾然不覺，這幾個字，會讓他陷入永遠無法爬出的地獄，「您突然聯絡我有什麼事？」

「你叫我了，你叫我老王叔叔了。嘻嘻嘻，既然你叫我了，那你的命，你家人的命，就都是我的了。」老王叔叔的資訊陰森森的彈過來，一句接著一句，看得張恒背脊突然就涼了。

這個人，怎麼那麼古怪可怕？什麼叫了他一聲，自己的命，家人的命就是他的了，這到底幾個意思？張恒完全不明白。

可之後，那個自稱老王叔叔的人沒有再說過話。張恒原本就因為工作的事情焦慮，也沒把這件事放在心上。

但是第二天早晨，一切都變了！

那天早晨，一個戴著白色面具，穿著黑衣服，背有點駝，看起來非常恐怖的人，坐在平常張恒的位子上。

妻子和自己的孩子和這個面具男有說有笑，而父母也笑著。可怎麼看，父親和母親的笑容，都像掛上去的，笑的表情下，是深深的恐懼。

「你是誰？」張恒手裡抓著一個保溫杯，做出想要砸過去的模樣，大喊道。

「傻孩子，說什麼呢。這是你的老王叔叔啊。」父親連忙站起來道。

妻子也抬頭，愕然說：「這不是你們老家的親戚嗎？今早才來的，你爸媽都認識。」

張恒的兩個孩子也樂呵呵的說：「爸爸，老王叔叔可有趣了。」

自稱老王叔叔的人抬起頭，聲音裡充滿了歡樂：「小恒恒，你起來了？老王叔叔我來找你玩了。」

「你他媽到底是誰？」張恒黑著臉。

老爸也黑起臉，走過來，伸手給了張恒一巴掌：「你瘋了，連你老王叔叔也忘了，你還記得啥啊，乾脆把你腦殼扔出去算了。」

張恒活了三十多年，老爸都沒捨得打過他，更不用說當著自己妻子和兩個孩子面前了，他有點懵。

老爸推著他，將他推進了衛生間。他六十多歲的老爸，牢牢關上衛生間的門，關門的那隻蒼老的手，甚至還在不停發顫。

爸爸在害怕。

「噓，別說話。」老爸將張恒推到最裡邊，在懷裡摸索著掏幾下，哆哆嗦嗦的掏出一張泛黃的紙符，貼在廁所門上。

張恒看著那張符，更加怪了：「爸，你在做什麼？」

爸爸沒說話，雙眼死死的看著那張符，直到彷彿看到些什麼後，這才暫時鬆氣：「瓜兒子，剛剛那巴掌打痛你了吧？」

「痛。」

「痛就好，我在救你啊，兒子。作孽，真是作孽。沒想到那東西跟來了。」爸爸不斷歎氣。

「爸，你什麼意思啊。」張恒沒聽懂。

「你以為我為什麼從來不帶你回老家？」爸爸說。

「你不是說老家在我剛出生時遇到一場山洪，村子全部被埋了，你和很少的一部分村民逃出來，老家早已回不去了。」張恒問。

爸爸苦笑：「是，老家早已回不去了。不是因為山洪，而是因為老家裡有那個東西。那個自稱老王叔叔的傢伙，是個穢物。它不知道存在了多少年，每到某個時候，它就會大搖大擺的進入別人的家中，喧賓奪主，讓人家破人亡。我和一些村人實在受不了了，好不容易才逃掉。沒想到，我本以為真能逃掉，逃得掉個屁，老王叔叔，終於還是找上門來了！」

「爸，我沒理解你的意思。那個老王叔叔不就是一個人嗎，我們報警不行？」張恒說。

「沒用的，那個東西不是人類。我，甚至我的祖祖輩輩都不清楚，它到底是個啥玩意兒。它不知從何而來，目的是什麼，但是它非常殘忍可怕，一旦進入了你的家庭，總會玩弄到一整家人瘋掉、死掉。」

「如果報警不行，那不能把它殺掉嗎？」張恒瞪大了眼。

「殺不掉，沒人能將它殺死。」老爸搖搖頭。

「怎麼可能。」張恒不信，那個老王叔叔，怎麼看都只是個普通人類神經病罷了。

「兒子，我知道你不信，但事情已經至此，我們現在能做的只剩下一件事。」

爸爸再次歎氣。

「什麼事？」

「跟我們歷代祖先做的一樣，每當老王叔叔進了家門，你就好吃好喝的伺候著，它做什麼都要答應。只要你沒被它逼瘋，沒有違逆它，總有一天它會自己離開的。」

說完這句話，廁所門口就響起了敲門聲。

「小恒恒，小翔翔，你們兩個在廁所裡幹嘛，出來玩啊。」

說話敲門的是老王叔叔的聲音，它的語調戲謔卻不容置疑。就在它敲門的瞬間，門背後貼的那張泛黃的紙符陡然間燒起來，以極快的速度化為灰燼，散落一地。

小翔翔是老爸的小名，老爸渾身發抖，深呼吸了幾口氣，抓著張恒語重心長的叮囑道：「千萬不要違逆老王叔叔，千萬不要試圖殺掉它，咱們好好等，等它自己走。」

說完，老爸驚恐的臉掛上奉承的笑容，走出衛生間。

張恒哪裡聽得進老爸的話，他根本不相信，所以立刻就撥通了報警電話，令人意外的是，報警後，警方壓根就看不見老王叔叔，還差點因為亂假警逮捕張恒。

可明明老王叔叔就站在員警背後，還在那驚悚的咧嘴笑著。

那天，張恒第一次受到老王叔叔的懲罰。

老爸老媽兩個加起來接近一百四十歲的年齡，卻在老王叔叔面前彷彿幾歲的孩子，根本不敢反抗，眼看著張恒被懲罰，卻什麼事都不敢做。

張恒被罰得只剩下半口氣，休養了好幾天才恢復過來。

「爸，老王叔叔要什麼時候才會走？」從床上爬起來的張恒，問出的第一句便是這句。他終於明白，老王叔叔，有可能確實不是人類。

「一年。根據祖上留下的經驗，通常都是一年。」老爸說：「一年很快，忍一忍就過去了。為了你的老婆兒子女兒，兒子，你一定要忍住。」

張恒哪裡能忍。

他出去拿到失業補償後，買了大量的攝影機裝在家中，之後他端了一大杯茶水，給老王叔叔賠禮道歉。

「老王叔叔，是我以前不懂事，我以後一定會聽你的話。」張恒誠懇的說。

老爸哪裡不清楚自己兒子的性格，他使勁兒給張恒打眼色，張恒不為所動。

「不錯不錯，小恒恒。知錯能改就是好孩子，老王叔叔我最喜歡好孩子了。」老王叔叔很好哄，開開心心喝了張恒遞過去的茶水。

眼看它把茶水喝完，老王叔叔臉色頓時一變，之後整個身體都鼓脹起來，發出吡吡的難聽腐蝕聲。

張恒哈哈大笑：「老王叔叔，你特麼太笨了，老子給你喝的是沒稀釋過的濃硫酸，我爸還說你殺不死，老子解脫了，我們一家都解脫了。」

老王叔叔的身體被濃硫酸腐蝕得渣都不剩，張恒的老爸臉色大變，面無血色，罵道：「蠢貨，你幹什麼！你把我們一家都害死了！」

「但是我殺掉了老王叔叔，爸，你不是說它殺不死嗎？我明明殺死它了。」張恒笑逐顏開。

老爸搖頭，面如死灰：「走，你馬上帶著妻子兒子女兒逃，能逃多遠就逃多遠，能逃多久就逃多久。」

「為什麼？明明老王叔叔死掉了。我殺了它。」

老爸搧了兒子一巴掌：「你沒殺掉它，沒有人能殺掉它。明明只需要忍耐它一年，我們就能解脫了。可你卻妄圖殺它，你闖了大禍了！我這把老骨頭就留在這裡，替你贖罪。你快帶著家人逃。」

張恒看爸爸的臉色不像作假，雖然不明白為什麼，還是屁滾尿流什麼都沒敢帶，只帶著妻子孩子滾上車，拚命的朝陰城外開出去。

明明他們已經開車離開陰城，明明已經開出一千公里，可就在張恒一家子太累了，找家酒店睡了一晚後，詭異的事情發生了。

等他們幾人睜開眼睛，卻發現，不知道什麼時候，他們又回來了。回到熟悉的家，熟悉的房間。

戴著白色面具的老王叔叔，一臉陰森的笑著，正坐在他們的床邊上，手上提著的，是張恒父親的腦袋。

血淋淋的腦袋。

「小恒恒，你不是個乖小孩。你不配做一家之主，所以從今天開始，我就是你家的一家之主了。」老王叔叔說著，伸手一巴掌拍在張恒的腦門心上。

張恒在這個世界的存在感，就是從那一天開始，逐漸消失的。

如果人間有地獄，那麼第十八層絕對不再可怕。

因為老王叔叔，在地獄十九層。

01 量子穢物

贏牌的人總說自己牌技好，但是誰又肯承認，自己拿了一手好牌呢？

夜諾拿到手上的牌好不好，說實話，他實在不好評論。到博物館好幾個月了，他翻看了博物館中的大量藏書和從前管理員的手記，確實明白了許多事情。

怪奇博物館是個好東西，獎勵也是好東西，但都不好拿，需要用命去換取，所以現在說牌好牌壞，實在是太早了。

畢竟博物館存在的漫長歷史裡，百分之九十九的博物館管理員，都沒能撐過最初的幾個任務。

例如夜諾雖然已經有心理準備了，但也萬萬沒想到，博物館第三扇門的任務會有那麼變態。如果不是他還算有點小聰明，換作別的管理員，估計早就翹辮子了。

「拚了。」夜諾站在程覓雅家的門口，敲了敲門，門開後一腳踏進去。

程覓雅的家不算小，只是房子有些老。一入門就是餐廳，坐在餐桌前的幾個人齊刷刷的目光射過來。

「老三。」李家明帶著哭腔喊道：「我就知道你夠兄弟，會來救我們。」

「沒人救得了我們，沒人救得了我們。」他身旁坐的一個中年男子面容憔悴，嘴裡不斷的吐出這句話，像個複讀機。

看模樣，應該是程覓雅的爸爸程康。

程康身旁還坐著兩個老人，一男一女，分別是程覓雅的爺爺和奶奶，兩個老者看著夜諾，一句話也沒說，甚至眼中都帶著被絕望折磨後的死色。

程康的妻子正在為大家盛飯。

程覓雅臉色很糟糕，身體狀況也很糟糕，像是被折磨過，可憐的姑娘強撐著，坐在餐桌前，等待開飯，哪怕她痛得一點胃口都沒有。

「它在哪？」夜諾環顧客廳幾眼，並沒有看到暗物質怪物，那個叫老王叔叔的傢伙。

李家明又想開口，突然，他的嘴彷彿被掐住了。老二艱難的張開嘴巴，舌頭被一股無形的超自然力量拽住，用力往外拉，眼看整根舌頭都要被連根扯斷了。

夜諾冷哼一聲，手裡掐了個手訣：「白焚。」

一道白光閃過，李家明終於能呼吸了，他捂著喉嚨難受的喘息著。

「你們怎麼都不說話，是在跟老王叔叔玩遊戲嗎？」夜諾問。

程覓雅的弟弟曉毛畏畏縮縮的用指尖沾水寫了一行字：「老王叔叔要求我，食不言寢不語。吃飯的時候說話，我就要斷舌頭。」

眼見夜諾竟然有不可思議的能力，餐桌前的老頭老太太眼中陡然一亮，但瞬間那絲亮光又熄滅了，仍舊低下頭，一言不發。

「那誰能告訴我，它在哪兒？」夜諾問。他剛剛試過戴上遺物看破，想要看清楚老王叔叔的位置，可看破沒辦法看到老王叔叔，除穢術基本術法開天光也能看清暗物質怪物的蹤跡，但對老王叔叔同樣沒用。

這就不好搞了。

老王叔叔到底是怎樣一種存在，它體內的暗能量全都擁有隱匿屬性嗎？

話音剛落，坐在餐桌上所有的人都瞪大眼睛，看向夜諾身後。夜諾背後一涼，連忙揚手就向後來了一發：「結界術。」

暗能量湧出，構成一條一條的線，線迅速構建出一道結界。

「老三小心。」李家明忍不住尖叫，這一叫又不好了。他嘴裡的舌頭又開始往外被無形的力量拽。

「奶奶的。」夜諾連忙擺手一道除穢術扔過去，解除李家明的危機。

說時遲那時快，背後剛構建好的結界頓時破了，一股巨大的邪惡穢氣朝夜諾襲來。

「結界術，結界術，結界術。」夜諾向後翻了幾個跟頭，一個個結界術被構建，艱難的阻擋住穢氣攻擊。

還好，雖然每一道結界都非常弱小單薄。可夜諾的能量極為精純，在除穢師眼中，簡直就是神才能擁有的純度，所以哪怕薄薄的結界，也生生將那可怕的穢氣擋住了。

空氣裡傳來了一聲「咦」。

「有意思的小傢伙，歡迎你加入我的小家庭，你不是想見到老王叔叔我嗎？叫我一聲老王叔叔，你就能見到我了。」

「不要，千萬不要叫它。」李家明和程覓雅瘋狂搖頭。

緊接著，兩個人的舌頭都開始往外跑，彷彿想要從身體裡跑出去。

夜諾非常冷靜，他皺著眉頭，突然笑了：「你不是想我叫你嗎？」

「你願意叫我？」老王叔叔樂呵呵的聲音，從空氣裡飄出來。

「當然願意。」夜諾淡淡笑著，走到餐桌旁，拉開空著的主位坐下，「老王叔叔。」

他開口的一瞬間，彷彿整個世界都抖了一下。

「老三，你瘋了！你只要不叫它，你還有機會能逃出去。」李家明努力用亂竄的舌頭含糊說話，他手腳亂舞，肢體語言都用上了，他完全不能理解平時聰明絕頂的夜諾，現在到底在發什麼瘋。

夜諾也不解釋：「我不叫它，就看不見它，更救不了你們。」

「但是你叫了它，就會陷入它的世界裡。你連自己都救不了，更不用說救我們了。」李家明和程覓雅絕望的比劃著。

「沒舌頭就別亂開腔。」夜諾朝他們五指一張，彈出一股暗能量，準確擊中了兩人脖子上的一股黑色晦氣。

兩人的舌頭終於又回到嘴巴裡，踏踏實實沒再亂跑。

叫了老王叔叔後，確實很麻煩，但好處也有不少。夜諾一直在猜測，老王叔叔的能力有可能和量子力學有關，而叫出它的名字，就是關鍵。

叫它的名字之前，它對夜諾而言就處於量子態。你觀察不到它，不知道它到底存在於哪裡。畢竟夜諾一進門的時候，就用看破把整個屋子都查了個遍，但是根本無法察覺到老王叔叔的位置。

但是你一旦跟它有了量子糾纏，老王叔叔就變成顯態，夜諾就能見到它，看得到它的能量軌跡了。

「咳咳。」李家明咳嗽兩聲，苦笑：「老三，現在怎麼辦？沒想到你栽進來了。」

「放心，我現在心情好得很。我感覺幸運又回來了。」夜諾撇撇嘴。

他沒說假話，他願意喊出老王叔叔的名字是有原因的。不久前湧入自己身體裡攀親戚的那股黃色的幸運能量，在一分鐘前又出現了。

幸運這種東西，很沒有道理，非常玄，哪怕理智如夜諾，也願意拚上一把，有幸運加持，還特麼怕個啥。

「嘻嘻，叫了我的名字，你的命，就是我的了。很好很好，我們的小家庭成員，又增加了一位，太有意思了。」一個冰冷冷，像是喉嚨裡塞了幾隻老鼠的聲音傳進了夜諾耳中。

夜諾猛地一回頭，他的眼睛便縮一縮。

他看到一個模模糊糊的影子。這影子大約一百七十公分左右，大概是男性，穿著朦朧的黑衣，戴著白色面具的怪人，就站在自己背後。

這就是老王叔叔？

終於看到它了。

而樓下，一個大胸蘿莉塔打扮的蘿莉打了個噴嚏，好好的走在路上，突然渾身一冷，然後腳踩不知哪裡飛來的香蕉皮，整個人高高飛起，誇張的以臉著地，屁股翹高的姿勢摔倒在地。

「嗚，痛。」蘿莉捂著鼻子，眼含淚水，用滿嘴大碴子味的東北話開始國罵，嚇得從她身旁走過路人紛紛躲避不及。

這小姑娘看起來漂漂亮亮的，怎麼罵起步行街的地面來，呃，那麼妙語橫生？路人感覺想像力不夠用。

同樣難以理解的還有運聖女。她好不容易整理好心情，開開心心的走在步行街上繼續尋找昨晚占卜出的那一絲機竅。

怎麼突然就倒楣的摔倒了？

這不科學啊。

美人蘿莉打了個冷顫，突然像是想到什麼。

「卦象，西南方。西南方有我本命之人，怎麼兜兜轉轉，我又回到這鬼地方附近了？讓我倒楣的東西，果然也在這裡！」運聖女百思不得其解：「不行不行，早點離開這裡，免得倒楣。」

一個從小就跟霉運無緣的女孩，轉身想逃，可夜諾哪裡能讓她逃掉。距離運聖女直線距離只有三百多公尺的夜諾，一邊過濾著遠遠傳遞過來的幸運之力，一邊故意將過濾後的殘渣輸送回去。

這個行為就有點惡劣了。

任何東西都是兩面的，有幸運，就有不幸。夜諾用運聖女的運勢，不斷的過濾自己的不幸，不幸傳遞到運聖女身上後，這小蘿莉又要倒楣了。

她剛邁開腳步往前挪，就感覺地面突然震動一下。埋在地底的自來水管道突然破裂，噴射出高達十公尺的水柱，將前方的路徹底破壞了。

「搞啥啊，用得了這麼過分不？」運聖女目瞪口呆，她後退幾步，想要從另一面離開，可後方的路塌下去。

塌了！

就這樣無緣無故塌了！

「果然有人在整我！」蘿莉反而冷靜下來，她盤腿坐下，手一翻，抓出幾個骨牌，聚精會神的算起卦。

她不動，運勢就不會繼續變差。

這很玄。

小蘿莉靜靜坐著，管它周圍尖叫不斷，洪水滔天。

另一邊，夜諾也打起了十二萬分的精神來，他一眨不眨的看向老王叔叔出現的方向，眼中的遺物看破，不斷的滑過資料。

看破中流動的資料，看得夜諾觸目驚心，甚至倒吸一口涼氣。

這穢物太不對勁兒了，肉眼能見到老王叔叔後，看破終於有了作用——

暗物質怪物：老王叔叔。危險程度：極度危險。能力：不詳。暗能量：5012點。

來了來了，這就是遺物看破最重要的功能，也是手札中一再提及的，為什麼看破被稱為特殊遺物的原因。

當初在博物館還沒徹底具象化前，夜諾也能看到暗物質怪物的資料，但是之後這項福利就沒了。現在他有一定的機率能夠透過看破再次將這項福利勾出來，甚至看破還會給出實力對比。

夜諾先是一喜，又是一驚。

老王叔叔的資料直觀映入眼簾，它的暗能量度數，高達五千點。妥妥的蛇一級。

從第二扇門中的手札裡，夜諾找到和除穢師組織相似的暗物質怪物等級分類法，而且更加詳盡。按照分類，雞級別怪物的能量點數，大約為一至一百。狗級，一百至六百。猴級，六百至四千。蛇級四千至二萬。虎級，二萬至五十萬。龍級，一百萬以上。

而暗物質怪物的具體出處，目前圖書館中沒有任何書籍有過記載。

其實以夜諾現在的實力，哪怕暗能量再精純，也就只能打得贏狗級的怪物，和

D級除穢師差不多。否則當初襲擊夜諾的那個除穢師，夜諾也不必拉大旗作虎皮，用嚇的嚇走他了。

蛇一級的老王叔叔，夜諾和它相隔了數個大階段，根本贏不了。

「看夠了吧？」老王叔叔嘻嘻笑著，聲音刺耳尖銳。

夜諾心臟一跳，這怪物知道自己在偷窺它的資料，而且還大大方方的毫不隱藏。這是幾個意思？

「你以為我不知道你是誰？你以為我不知道你是誰？」出乎意料的，怪物又說了一句毫無頭緒的話。

夜諾皺眉：「你到底知道什麼？」

「我知道我活捉了什麼，我活捉了一隻弱小的神明大人。嘻嘻，人類的神明大人，竟然被我老王活捉了。」老王叔叔嘻嘻繼續笑。

夜諾的心頓時涼到谷底。

得到暗物博物館的自己，有可能基於某種原因成為除穢師口中的神。這一點，他也不過是基於現有情況猜測的，沒辦法證實。

可這詭異的怪物，張口就說破自己的身分。特麼太不科學了，這是怎麼回事？這老王叔叔，為什麼會知道？甚至知道的比他還要多得多。

它，不簡單啊。

老王叔叔的話讓餐桌上的所有人都愣住了。

老二李家明最莫名其妙，自己宿舍的老三，怎麼就被眼前的可怕怪物叫做神明大人了？真是怪事年年有，今年特別多。

「老三，你怎麼就變成神明大人了？」李家明百思不得其解。

「我也不清楚，你知道怪物這東西，沒道理可講，可能它是腦殘吧。」夜諾撇撇嘴。

「嘻嘻。」老王叔叔仍舊笑得歇斯底里。

大多數穢物雖然會說人話，但是思維和人類不同，夜諾甚至懷疑穢物們的話和行為，都基於某種本能。甚至一般的穢物，就連和它們複雜的溝通都成問題。但眼前這隻穢物明顯不同。

「你到這個家究竟是想要幹嘛？」夜諾大馬金刀的坐在餐桌前，老實不客氣抓過一碗飯開吃。

他是真的餓了。

程家五口人，眼巴巴看著他吃早餐，沒人吭聲。

老爺子和老太太更是一聲不吭，他們似乎想到什麼。眼珠子裡本來已經黯淡渾濁絕望的神采，又燃起來。

屋子裡，陷入詭異的沉寂當中。

整個偌大的空間，只剩下夜諾吃飯的咀嚼聲。

「他們的命，是我應得的。」老王叔叔不著邊際的說。

「他們是我朋友，給個面子，你不是說我是神嗎，神的面子總要給吧？」夜諾道。

「嘻嘻。你是人類的守護神。我是你們口中的穢物，咱倆是死對頭，老王我怎麼給你面子？」

得，這怪物的思維倒是清晰得很。

「那就沒得談了。」夜諾撇撇嘴：「吃飽了，開打吧。」

說完他手一劃，暗能量湧動，早就拽在手心的一把銅錢撒出去：「破！」

每一枚銅錢上都包裹著雪白的一道光，朝老王叔叔刺去。老王叔叔身影一閃爍，刺眼的光就從它的身上穿透過去，劈哩啪啦打在牆上，沒有造成絲毫傷害。

「你的能力果然是能夠在量子態轉換。」夜諾皺皺眉。

老舊的銅錢在不同的人類手中傳遞，就會積累暗能量，是鎮壓怪物的好東西，沒想到對老王叔叔沒用。不，並不是徹底沒用，而是這怪物在受到攻擊的時候，會變成量子態。

這就不好搞了。

「嘻嘻嘻，神明大人，你的實力那麼低，還是老老實實的，讓我吞掉吧。」老王叔叔臉上白白的面具變得更加森白，探過頭，一張嘴。那嘴猛地就變大了，露出口腔中黑漆漆的一排牙齒，以及深不見底的喉嚨。

「你叫了我的名字，你的命，就是我的了，我要吃了神明大人，吃了你，我會更加厲害。」

老王叔叔渾身戾氣突現，高達蛇一級別的等級壓制，讓夜諾喘不了氣，屋子中陰風陣陣，餐桌被陰風掀起，程家好幾口人都在風中吹飛，遠遠撞到牆壁和沙發上。

夜諾的暗能量只有三十多點，老王叔叔的一口氣他都承受不住。

但他並不慌張：「結界！」

手一甩，一張結界出現在跟前。

老王叔叔張嘴吸氣，巨大的吸力更加猛烈了，它的嘴，彷彿變成黑洞，房間中的所有物品都在朝它的口腔中飛入。

程家六口人和老二李家明拚命的抓住一切固定的物體，死死的拽住。他們清楚，只要一鬆手，就會被怪物吞掉。

七個人無助的看著夜諾和怪物鬥法，那手段彷彿神仙打架。

結界撐不到一秒就破了。

夜諾沒說話，趁著結界破碎前，在身周撒了一圈鐵鏽，咬破中指，滴了幾滴血出來。

「吒！」他低喝一聲。

血在暗能量的推動下，落在地上後，開始緩緩蠕動，最後變成幾個像符不是符，像咒不是咒的怪符號。

這種很複雜的咒語，別說夜諾第一次用還不太熟，就算是熟練度很高，以他低微的實力，也很難施展得了。但現在他怕個屁，有幸運加持，再低的成功率也能一次成功了。

夜諾深吸了一口氣。

他將那股黃色的幸運之力猛地抽了一把。

樓下幾百公尺外，運聖女「嚀」一聲，險些一口血噴出來。

「沒道理啊，有什麼在抽取我的力量！」本來正凝神貫注卜卦的小蘿莉沒有抓穩，卦象亂了一地。

她明亮的眸子朝四周望望，沒發覺有不妥的地方，剛剛還亂七八糟的街道，現在也平靜了許多，至少沒有那麼多災厄出現。

越是寧靜，越是代表著暗流湧動。

在這片寧靜中，一定有某種不好的事情在發生。

不行，再卜一卦！

運聖女抓起散亂的骨牌，再次一把撒下，她將運之力運轉到極點，雙眸子中黃光爆亮，亮得像是兩顆小太陽。

冥冥中，她彷彿看到什麼，又彷彿什麼也沒有看到。

被不斷抽取的運之力，還在加大力度。

夜諾將運聖女當作了乳牛，自身力量不足的時候，乾脆逆向抽取這個來源不明的幸運之力。

這也是他唯一能夠取勝的手段了。

「幸運結界。」將構成結界的力量轉為黃色幸運力，這一次結界的結構更加穩固，而且玄力加持下，結界在老王叔叔的那口吸力中，堅持了更久的時間。

夜諾勉力支撐，一扭頭，對著屋子裡的程家人和李家明道：「大家聽著，全都到我腳下的圈中來。」

「老三，你說得倒是輕鬆。我們一鬆手就會沒命啊。」李家明苦笑。

他身旁就是程覓雅，自己未來的老婆，他拚死護著已經到極限了。而程家的老太太和老爺子，七八十歲的年齡，估計在這股巨大的吸力中，撐不了多久。

一鬆手，就是死。

夜諾一皺眉，分別朝七個人彈出一股黃色暗能量。

這是運聖女的運之力，七個人頓時運勢加身。

「跳過來。」夜諾命令道。

「怎麼跳？」李家明苦瓜臉。

「叫你們跳就跳。」夜諾喊：「沒時間了！」

「逃就跳嘛，橫豎老子也撐不了多久了。」李家明和程覓雅對視一眼，鬆開了手。他們的身體頓時被老王叔叔的吸氣捲入，裹挾著朝它飛過去。

程覓雅的父母、弟弟，以及爺爺奶奶見兩人鬆手，也分別鬆手。苟延殘喘和博取一線生機之間，抉擇不難。

更何況每個人都有自己的判斷。程家人不笨，他們分明聽到那個家族厄運般的恐怖老王叔叔叫夜諾神明大人。

既然神明大人開口了，他肯定有什麼把握。

這想法如果夜諾知道了，一定苦笑。他有個屁把握，他承認他有賭的成分，不過而今眼目下，有得賭，已經是最好的情況了。

運勢加身的七個人在尖叫，他們如同秋天飄落的梧桐葉，朝著老王叔叔黑漆漆的口腔飛去，就在要錯過夜諾、所有人都目露絕望時，老王叔叔嘴裡的拉扯力，陡然間就停止了。

竟然是餐桌飛過去，將老王叔叔的喉嚨生生堵住。

這就是幸運的作用！

「神特麼運氣好，大家趕緊滴。」李家明大喊一聲，連滾帶爬的一腳踏進了夜諾用鐵鏽畫出的圈中。

其餘五人也趁這當口，險死還生的躲進去，所有人一臉蒼白，渾身無力。

不到一秒後，老王叔叔將那張活活有一點多公尺長的餐桌吞掉，打了個嗝，張嘴又是一口氣吸來。

吸力再次充斥滿房間的角角落落。

「幸運結界，幸運結界，幸運結界。」夜諾低吼三次，連著佈置了三次幸運結界。

他感覺給他提供運之力的乳牛身上，力量源源不斷，似乎抽之不盡。

而且他抽取起來，也沒有遭受太多的阻力，那力量彷彿買一送一的近乎白送。

幸運臨身，再加上夜諾在手札中看到層出不窮的除穢術，可以想像的空間就大多了。鐵鏽圈內有幾滴鮮血將除穢咒固定，穩如磨盤。

老王叔叔見吸氣吞不了眾人，便閉上嘴，改變了策略。

它一仰頭，戴著白面具的腦袋就飛出來，連帶著長長的脖子，朝夜諾等人咬過來。龐大的穢氣一碰到結界，原本穩當的幸運結界寸寸斷，化為無數黃色粒子飛散人間。

鐵鏽圈顫抖幾下，夜諾滴在地上的鮮血，也迅速變得黯淡，血跡在白色面具的碰撞下，每被撞擊一次，就淡一層，很快就要淡不可視了。

「老三，咱們完蛋了。」李家明臉色慘白。

「別嘰歪，吵死了。」夜諾喝道：「哪有那麼快完蛋。」

他從兜裡一掏，掏出一個黑漆漆的，房子模型似的東西來。

「都抱著我，抱穩當了，待會兒看到什麼也千萬別撒手，一撒手你們就會被甩出去。」夜諾說話間，就將那黑乎乎的玩意兒朝天空一扔。

說時遲那時快，黑乎乎的東西遇風則脹，很快就將眾人籠罩進去。

程家人目瞪口呆，他們感覺眼前一暗，就進入了一個黑乎乎的空間中。這是一個小屋子，屋子裡還有幾扇窗戶。

屋子裡重疊這屋子，可籠罩著他們的屋子，又是從哪裡來的？

所有人都懵了！

02 祠堂激戰

程家不大的客廳中，一個戴著白面具的可怕腦袋，拖曳著長長的脖子，在黑漆漆的房子形狀的物體外遊蕩。

房子形狀的物體內，不大的空間，擠著八個人。

程覓雅的父母、弟弟，爺爺奶奶。夜諾的舍友李家明，所有人都人貼人，貼到一起，擠得難受。

「好擠，老三，你丟出來的到底是個啥東西？」李家明喘著氣問，他覺得自己要是個女人，恐怕現在都擠得懷孕了。

「別抱怨，等一下。」夜諾一皺眉，手迅速的結印，咬破中指，在空中虛劃幾下後，一點殷紅點在黑色牆壁正中央。

紅色血跡蔓延開，隨著一聲古怪的彷彿骨折似的聲音，這空間猛地就往外脹大了許多，八個人終於感覺周圍寬裕了些。

程覓雅睜大眼睛，打量起四周來。

這個黑漆漆的地方，顯然是某種建築物的內部。牆壁之所以是黑的，是因為刷了黑色的油漆。屋頂沒有燈，但是有幾扇窗戶。屋子內透著蒼涼古老的氣息，彷彿恆遠的迴響，迴盪在這寸空間的每一個空氣粒子中。

窗戶上蒙著古舊的油紙，看起來一捅就破。但就是透過這張朦朧的油紙，所有人都能看到，窗外那個遊弋的老王叔叔的臉。戴著白面具的老王叔叔發出難聽的笑，一低頭，朝窗戶撞擊過來。

一撞之下，雖然整個建築都在顫抖，薄薄的油紙卻絲毫沒有破損。

建築物的門也是黑色的，就在南面。透過鏤空的門雕，甚至可以看到門上貼著兩張破舊泛黃的畫。

那畫，是一對門神？

李家明都懵了，這個建築的空間明顯還在不斷緩慢的增長，自家未來老婆的客廳，哪裡有這麼大啊。

現在到底是什麼情況，這裡究竟是哪裡？

「這裡是我老夜家的祠堂，不是真正的祠堂，而是某種東西一比一製作出來的。製作這個，花了我整晚的時間，一做好，我就來了。」夜諾解釋道，他神情專注，不斷打出繁複的手訣。

這祠堂，是夜諾用百變軟泥製作的。

如果有別的除穢師看到這些手訣，肯定會大吃一驚，這些手訣絕不可能是一個實力低微的F級除穢師施展得出來的。

照理說，夜諾也施展不出來，因為他體內的暗能量實在是太少了，所以他抽取了開竅珠內積累的能量，全部灌輸入翠玉手鏈裡。

原本只有三顆的時候，翠玉手鏈中每一顆玉都能承載二十點能量。現在增加到六顆，每一顆玉的能量承載力也大增，增加到五十點，幾乎大了一倍以上。他一次性可以利用的暗能量，也變到三百三十點左右。

雖然也不高，甚至夜諾也有一旦失敗就毫不猶豫先逃掉的打算，可現在有幸運之力這隻意外乳牛可以抽取，倒是順利不少。

夜諾又幾個手訣打過去，祠堂變得更加堅固。

「祠堂？這裡是你家的祠堂，而且這個祠堂還是你自己做的。臥槽，老二，你果然變成神仙了。這手段哥這輩子都沒見過。」老二目瞪口呆。

一併目瞪口呆的還有程家所有人。

「夜不語先生，你這個祠堂有什麼用，能夠擋住老王叔叔嗎？」程覓雅哆哆嗦嗦的問。

「現在不是擋不擋得住的問題，擋也只是暫時的，我有別的打算。」夜諾淡淡道。

老王叔叔的腦袋不斷撞擊在這小小的祠堂上，每撞擊一次，祠堂就顫抖一下。牆面上的黑灰唰唰唰往下落。

看得人膽戰心驚。

「每個家族都保有自己的祠堂，華人祭拜祖先，希望得到祖先的庇佑。」程覓雅的爺爺摸著鬍子，又摸摸牆壁：「神仙大人，這原來都是真的嗎？」

「老爺子，就別叫我神仙大人，我不是啥神仙，我是你女兒的朋友。」夜諾可不想坐實這個名號。

名號太大，誰知道會不會引起有心人的注意，扮豬吃老虎的事可以做，但實力不到，還是謹慎為妙。

「不錯，每個人都會受到祠堂中祖先的庇佑。按照現代的科學解釋，因為每個人從生到死其實都是不斷氧化的過程。而氧化就會誕生暗能量。根據能量守恆定律，能量不會莫名其妙的出現，也不會莫名其妙的消失。所以一個家族的先祖體內的暗能量，其實都化為了冥冥中很難解釋的力量，附著在牌位上。」

這一點，也是從博物館手札中的理論，並經過他的推理得來的。

「這些能量，會保佑自己的血親，直到力量徹底散完。」

夜諾本身無法抗衡蛇一級別的老王叔叔，畢竟這是需要A級除穢師才能搞得定的暗物質怪物，但是根據他看到的手札，其中一個最有效的辦法，便是請動祖宗的祠堂，借用祖宗的力量。

一般祠堂是無法隨身攜帶的，可是夜諾有百變軟泥，這是個好東西，只要想像力和能量足夠，甚至能變出宇宙來。

夜諾很小的時候回過夜家的老家，去過一次祖宗祠堂，就只是那一次，靠著超憶能力，硬是把祠堂的四面八方都記住了。

「嘻嘻，神明大人，你以為躲在祠堂裡，就能阻止我進來？」老王叔叔撞幾下後，見沒用，哼了一聲，開口道。

「耍嘴皮子誰不會，有種你進來試試。」夜諾撇撇嘴。

老王叔叔不再吭聲，頭一仰，原本一動不動的身子動了。

它往前踏了一步。

這一步，彷彿地動山搖，整個祠堂都搖晃不止。

老王叔叔的雙手彈出，隨風變大，變成兩根兩公尺的大手，向祠堂的大門抓來。

一抓之下，想要把大門生生破開。

夜諾捏了個手訣，只聽轟隆隆一陣響，原本空無一物的祠堂北面地面上，隆起了一張黑漆漆的桌子。

定睛一看，那竟然是祭台。

祭台上擺滿無數牌位。

這是老夜家的祖宗牌位，一個不少，正好一百整。

「有請祖宗庇佑。」夜諾抽出一根香，點燃，插入香爐。

香燃燒起筆直的香線，飄飄蕩蕩，眼看就要沒入了祠堂的屋頂，陡然，隨著夜諾再次捏個手訣，其中一個牌位上閃過一絲亮光。

夜諾嘴角露出喜色，夜家某個祖宗顯出靈光，吃了供奉。

這可是個好兆頭。

說時遲那時快，就在老王叔叔的雙手即將接觸到祠堂大門的瞬間。門口一左一右的門神畫像上，浮現出一個人影。

老夜家祠堂的門神也怪怪的，明明是門神像，上邊卻什麼也沒有，是兩張空白的紙，夜諾當時還小，問過父親。

父親只是笑了笑，摸著他的小腦袋，什麼也沒有解釋。

這夜諾製造的一比一祠堂上的兩張門神，原本右邊的那一張猛然浮現的門神模樣很模糊，但是相當威風凜凜。

門神低喝一聲，在暗能量的作用下顯出真身，硬生生將老王叔叔的身體震退兩步。

「這什麼鬼東西。嘻嘻。」老王叔叔的手折斷了，隨風一搖，又變了一雙白骨般的手出來。它身上刮起陰風，異常可怕的邪氣隨著它的手，又是一爪朝祠堂抓過來。

模糊的門神在這雙可怕巨手下堅持了幾秒鐘後，夜諾眉頭一皺。只見香爐裡的香，猛烈的燃燒起來。三十公分長的香冒出濃濃的紫煙，很快就燒得只剩下了一截殘敗發黑的香尾。

他眼疾手快，連忙將早已準備好的幾根香點燃，再次插入香爐中。

門神的身體頓然凝實了些，堪堪將老王叔叔的手擋住。

老王叔叔的手被門神用力抓住，它一搖腦袋，長長的舌頭蚯蚓似的甩出來，空氣裡舌頭的尖端變得鋒利無比，閃爍著刺眼的精光。

舌尖彈出的速度極快，甚至發出刺耳的響，門神身影一陣搖晃，竟然是老王叔叔的舌頭活活刺入了門神的心窩。

門神的身體被刺穿，大量的暗能量化為燃香的黑色煙氣，隨風飄散，眼看身影就要消失了。

「奶奶的。」夜諾罵了一聲，啥都顧及不了了。捏了個手訣，右手一翻，不知從哪裡又弄出一大把香。

這把香大約有五十多根，隨手一搖，五十多根香都無火自燃。

夜諾將其一股腦的都插入香爐裡。

同一時間，運聖女漂亮的小臉，突然就煞白煞白了，她感覺自己體內的能量，猛地流逝一大截，止都止不住。

這咋整的，抽取自己力量，而且自己還無法反抗的災星，到底在哪兒！

穿著黑色蘿莉塔衣裳的小蘿莉額頭上冒出幾滴冷汗，但她仍舊一動不動，明亮的大眼睛更加冷了。

她一眨不眨的看著眼前的骨牌，推演著不斷變化的卦象。

不錯，卦象彷彿受到干擾，不停的刷新幻化，無數雜亂無章的假徵兆湧現，隱藏著那唯一的真。

冥冥中自己被某個人聯繫著，但偏偏又彷彿沒有被聯繫著。

小蘿莉趁著被那冥冥中的存在抽取大量能量的瞬間，突然動了。她潔白纖細的手指動彈一下，猛地按在最中間的骨牌上。

老舊泛黃的骨牌，在她一按之下，猛地變成不祥的黑色。

小蘿莉冷笑一聲，眸子中金光大亮，朝一棟樓的方向望過去。

她，找到了！

夜諾的額頭上也有冷汗，他製作的祖先祠堂現在已經搖搖欲墜，這老王叔叔比他想像的更加難搞。

手裡的香不斷被他製造出來，又不斷的插到香爐中。

這些香哪裡是真正的香，全特麼都是他抽取運聖女那隻暗能量乳牛的力量，用特殊的手法幻化而來的。

可門神，最終還是被蛇一實力的老王叔叔給一掌打成碎塊，無數殘破飄飛的碎塊，撿都撿不起來。

隨之而來的，是百變軟泥變成的祠堂，開始寸寸斷裂。

牆塌了，屋頂倒了，門也壞了。很快，程家六口人，李家明和夜諾，再次重新暴露在客廳中。

所有人都嚇得瑟瑟發抖。

「吒。」夜諾迅速咬破中指，在地上虛畫了一個圈，又從兜裡把鐵鏽銅錢不要命的撒出去，這才堪堪將老王叔叔給逼退了一步。
夜諾等人被逼到角落中，苟延殘喘著。
而客廳內，卻絲毫沒有戰鬥過的痕跡。
老王叔叔尖銳淒笑著：「弱小的神明大人，你今天就會被我老王給吃掉。老王我有福了。」
「廢話少說。」夜諾怡然不懼。
「老三，我們這次估計是真的完了。我還好，就算是死也和喜歡的人在一起，你就慘了，到死都是鋼鐵直男，母胎單身。」李家明感慨道。
夜諾氣得險些一腳將他給踹出去餵怪物：「少屁話，我還有招。」
「真的？」李家明精神一振：「我就說咱的哥們怎麼可能沒有啥後手就跑來救我了。說，咱還能幹啥。」
「還能幹個啥，三十六計唄！」夜諾撇嘴。
「啥，啥三十六計？」李家明愣了：「難道要撤？」
夜諾一個字都沒說，迎頭就朝最近的窗戶撞過去。
窗戶一聲悶響，他不光沒有將雙層鋼化玻璃撞爛，還發出一聲難聽的聲音，極為尷尬的被彈回來。

程覓雅弱弱的道：「夜諾先生，我忘了告訴你。老王叔叔不知道對這個屋子做了什麼，屋子裡的一切東西，都無法被破壞。」

夜諾哼一聲，揉揉被撞痛的手。

老王叔叔戴著面具的臉在扭曲的笑，陰森的笑意和那蛇一般的眼睛裡透出的歹毒目光，令人不寒而慄。

「神明大人，你逃不掉的。你是我的，你叫了我的名字，你是我的。嘻嘻嘻。」它一長串的笑，笑得人心頭瘮得慌。

「誰說，想逃！」夜諾也笑了，冷冷的笑。

他一撞之下，似乎將什麼按下去。

看到這笑容，老二李家明反而放下心來，他趁機抓著程覓雅的柔柔小手，拍拍：「放心了，雅雅，你也放一萬個心吧。以我對老三的瞭解，只要他露出這個賤賤的笑，就是勝券在握的意思。」

程覓雅不敢信：「怎麼可能，明明現在情況糟糕透了，連夜諾先生都死定了！」

「放心，咱學校大魔王的名號，可不是白吹的。」李家明倒是對夜諾很有信心。

就在這時，老王叔叔突然像是狗被咬了尾巴，淒厲的慘叫一聲，隨之整個人都枯萎下去。

所有人都呆住了。

這到底發生什麼？

「你對我做了什麼？」戴著白面具的老王叔叔渾身在扭曲，甚至它的身體也開始若隱若現，如同受到某種極大的打擊。

夜諾冷笑道：「你以為我真的沒有一點準備就來了？」

他來的時候，早就知道了老王叔叔是自己暫時沒辦法對付的恐怖存在。

「你錯就錯在我叫你的名字時，不應該回答我。」夜諾又道。

老王叔叔這種暗物質怪物，帶有量子力學的屬性。如果它一直處於量子力學的無法觀測狀態，自己是無論如何都沒辦法擊敗它的。

但是夜諾叫了它的名字，老王叔叔對他而言，從隱態變成顯態。這樣，自己就有很多辦法對付它了。

例如，製造分子之間非定向的、無飽和性的、較弱的交互作用力：凡得瓦力。

「嗚嗚。」老王叔叔痛苦嘶吼著，它一爪拍過來，夜諾捏了個手訣，用銅錢把它的手打斷了。

「你受到凡得瓦力的約束，分子間的量子態已經被填充滿了，你就快要崩潰了。」夜諾道。

「怎麼可能！怎麼可能！」老王叔叔嗚咽著，聲音扭曲得越來越不像人。

程覓雅驚訝的捂住了嘴巴，她突然看到，自家的牆壁上，不知何時浮現出許許多多個滲透著紅色印記的符號，這些符號以玄妙的方式排列，每一個符號中都射出一道血色光芒。

這些光束，每一根都纏在老王叔叔的身體上，將它死死纏住，噬它的骨，割它的皮。

「這些是什麼東西？夜諾先生，你什麼時候在我家佈置出來的？」她吃驚又百思不得其解。

「是我昨晚被老王叔叔抓回來後，偷偷佈置的。」李家明得意的指指自己，邀功道：「老三老早就問我要了你家的佈局圖，還給了我一些畫好的古怪貼紙，讓我按他說的位置貼到牆上。」

程覓雅更吃驚了：「夜諾先生竟然連我們會被抓走都算到了？」

「可不，不然老三大魔王的名號是怎麼來的。」李家明比夜諾還得意。他偏過頭問：「老三，你用的是啥法術，這麼厲害？」

「說了你也不懂。」夜諾道。

「說嘛，怎麼說我的高考成績也有五百多分，高中學霸一枚哦。」

「這些符，是血繩符。用人話說，就是利用暗能量推動黏附在紙張上的血液分子做高速布朗運動，變成繩索困住怪物，我透過設計和計算，讓血繩符可以透過改變頻率，而製造一定範圍的凡得瓦力約束場。原理簡單，用的公式也很簡單。例如現在血繩符中碳原子的數量為U，而U =B/r12- A/r6 ，其參數值為B =11.5 ×10-6 kJ · nm12/mol ·；A=5.96 × 10-3 kJnm^6/mol。當一定數量原子彼此緊密靠近電子雲相互重疊時，就和老王叔叔的量子態發生強烈排斥……」

這特麼說的是人話？

這特麼真的說的是人話？

李家明和程覓雅同時懵逼了。

「呃，還是算了吧。跟這個怪物討論這類問題，你會感覺自己的智商遭到暴擊的。」李家明對著未來媳婦苦笑。

程覓雅深以為然的用力點頭。

點燃了的血繩符，不斷的收割著老王叔叔的暗能量。和怪物實力相差了兩百倍以上的夜諾竟然會成為最終的勝利者，不要說那隻怪物不相信，就算是屋子裡的人也難以置信。

但是藏在程家很久很久的老王叔叔，確實在消逝。沒過多久，所有血繩符都快要熄滅了，而一同快要消失的，還有老王叔叔的身體。

老王叔叔黑漆漆的衣服變得破敗不堪，露出衣服下的身體，但透過破洞一看，衣服中竟然什麼也沒有。

只有黑漆漆的比黑夜更加黑暗的黑暗。

黑暗猶如墨魚噴墨，噴出一部分後，戴在臉上的白面具終於沒有了支撐，「啪」的一聲掉落在地上。

老王叔叔沒了，白面具也在掉落後，消失得無影無蹤。

整個程家所有人都目瞪口呆的看著糾纏他們一家的恐怖老王叔叔消失不見，一聲都不敢吭。

屋子裡，只剩下了落針可聞的寂靜。

這段寂靜不知道延續了多久，好不容易，程覓雅的爺爺才用沙啞的聲音，艱難的說出一句：「它死了？」

「老頭子，它應該是死了。」程覓雅的奶奶激動道：「老頭子，它終於死了。我們終於擺脫它了。」

兩個年齡加起來一百多歲的老年人又哭又笑，歇斯底里。一直神經緊繃的程康也一屁股坐下，怎麼都站不起來。

結束了，真的結束了？

災厄一般的，詛咒一般的老王叔叔，終於消失不見了。他們擺脫了這詛咒，活下來！

夜諾撓撓頭，走到老王叔叔消失的地方，左右打量了好幾眼後，卻眉頭緊皺。

情況貌似有點不太對勁兒。

如果他完成任務的話，老王叔叔既然已經死了，按照前兩道門的經驗，那個古怪的青銅盒子應該會出現才對。

就算沒有出現，也會留下線索。

可老王叔叔被自己坑死後，竟然啥都沒有剩下。這，絕對有問題。

但問題在哪裡？

夜諾的眉頭越皺越緊，突然，一個好聽的、濃濃的東北大碴子口音從門口傳過來：「咋滴，你真以為你殺死了它？」

誰在說話？

夜諾愕然的抬頭，不知何時，有一個穿著黑色蘿莉塔打扮的小蘿莉竟然半靠在牆上。精緻漂亮的雪白臉蛋似笑非笑，戲謔的又道：「有意思，你就是抽取我運能量的傢伙？喲，沒想到還是一枚小鮮肉。告訴姐姐，你是怎麼抽我力量的？」

聽到小蘿莉自稱姐姐，李家明的惡趣味來了：「小妹妹，你毛都沒有長齊，就自稱別人的姐姐……」

「閉嘴。」小蘿莉抽出一把扇子朝李家明搧一下。

「嗚嗚！」李家明慘叫一聲，他驚恐的發現，自己的嘴巴沒了。

嘴巴竟然就這樣沒了，以前嘴巴的位置，皮肉合攏，只能用鼻子發出難聽的嗯嗯聲。

「家明！」程覓雅尖叫道。

夜諾的心沉到谷底，他有點毛骨悚然。這小妮子，比老王叔叔那隻怪物更加不對勁。偷偷的使用看破，他倒吸一口涼氣。

暗能量指數高達八千點，妥妥的A級除穢師，而且看起來，來者不善。

夜諾強自冷靜，上下打量了小蘿莉幾眼：「你就是我的乳牛？」

「乳牛？」蘿莉下意識的將視線向下掃一眼，看向自己的某處高挺，氣得臉都紅了：「我才不是乳牛，你才乳牛，你全家都是乳牛。」

「呵呵，你說我是乳牛，我就是乳牛吧。乳牛小姐。」夜諾聳聳肩膀。

說時遲那時快，他猛地打破窗戶，從二十多樓跳下去。

「喂，我正在問你話，哪裡跑！」小蘿莉呆了呆，氣得一跺腳也跟著跳下去。

這小子貌似敏感得很，自己明明沒有洩露殺氣，卻被他感覺到了。

程家六口人加上李家明眼巴巴的看著兩人一前一後往下跳，瞪大眼，懵逼到不知該說什麼了。

「那個漂亮的蘿莉是誰？」程覓雅問。

「鬼知道啊。」李家明長出一口氣，小蘿莉走了，他的嘴就恢復了，自由呼吸的感覺真好！

「夜諾先生跳下去會不會有問題啊？」她有些擔心：「我家可是二十多樓。」

「放心，老三不會幹傻事。你剛剛也看過他的手段了，既然他敢跳，就一定有辦法活著，可他為什麼要逃？」

對啊，夜諾為什麼要逃？對方明明只是一隻看起來人畜無害的小蘿莉罷了！

李家明愣愣的看著窗外一追一逃的兩人，突然，一旁的程覓雅尖叫一聲，一臉驚恐的指著他，喊道：「家明，你手裡是什麼？」

李家明愣了愣，低頭一看，猛然間大駭，駭然得渾身都冒出虛汗。

他不知道從何時開始，手裡抓住了一個東西。

那東西白白的，異常熟悉。

竟然是，竟然是——老王叔叔的面具！

「臭小子，你為什麼要逃？」風呼呼刮著，運聖女的裙襬飛揚，在空中不斷下落，追著夜諾，越逼越近。

她手一揚，一條黃色的能量鎖鏈就朝夜諾纏過去。

「我沒有逃，我就是想感受一下墜樓的風。」夜諾用暗能量加持輕身術，腿用力一蹬，踩在身旁牆面的玻璃上。

玻璃破碎，他也借力躲開繩索。

他的身體緊繃，精神也緊繃。小蘿莉雖然口音很重，聲音也好聽，可她的聲音裡，帶著一股子很深的冷，只要夜諾一個問題回答不正確，她就有可能下殺手。

這小妮子非常危險，A級除穢師，他暫時打不過。

「嘻嘻，死鴨子嘴硬，你就皮吧你。」小蘿莉甜甜的笑著：「小弟弟，乖乖的回答姐姐一個問題嘛，請問你是用什麼歹毒方法抽取到人家的力量？」

夜諾哪裡敢說，何況有些事情說也說不清。

難道他能承認自己是她的神嗎？

不行！絕對不行。

現在的他太弱小了，更何況，他還有別的考量。

兩人一追一逃，很快，垂直幾十公尺的高度就一劃而過，夜諾竄入了樓下的一條小巷子中。

—03— 運聖女的兩面

運聖女心情很好，她終於找到那個不斷抽取自己力量的傢伙。

運聖女的心情也很不好，這個可恨的傢伙油滑得很，明明體內的除穢力不超過四十，明明只是一個實力低微的F級。她卻偏偏追不上。

當然，她並沒有使出真正的實力。

「小弟弟，你怎麼不吭聲？難道不想聽聽你為什麼會除穢失敗嗎？或許現在，你的朋友已經有危險了！」一個看起來只有十五六歲的小蘿莉張口閉口就叫夜諾小弟弟，聽上去非常古怪。

夜諾嘻然一笑：「沒興趣。」

「作為F級除穢師，你已經很棒了，居然能在我手心裡，逃了三分鐘之久。」運聖女又道：「不過，姐姐我的耐心已經不多了。」說完，她五指一張，一個手訣捏出，一隻除穢力幻化的大手猛地就迎風長大，彷彿籠子似的，朝夜諾籠罩下去，

「天羅地網。」

夜諾冷哼一聲：「結界。」

他手一揮，在天空佈下一道結界，擋住天羅地網。同時腳步不停，他一腳踹在右側的牆壁上，將牆踢得轟隆塌下後，再次施展一道輕身術。

得益於一直在抽取運聖女的力量，夜諾將體內能量都補滿了。而且殺了老王叔叔之後，開竅珠中的能量也暴漲，他略微一算，大概能抽取到五百多點暗能量，只要找到地方消化，自身實力肯定也會成長。

可惜，運聖女並不打算給他這個機會。

「有意思，這是季家的結界術。」運聖女眼睛一縮，嘴角浮現出一絲詭笑：「果然，老娘的卜卦沒有錯。你和季筱彤那個冰娘們有關係，只要抓到你，我一定能從你嘴巴裡撬出冰聖女能施展神術的秘密。」

夜諾後背發涼。

這小蘿莉看起來挺漂亮的，可惜性格有些分裂。一會兒老娘，一會兒裝嫩。和人格分裂患者沒啥好聊的，躲遠些才對。

夜諾再次加速。

「你逃不掉的。」運聖女冷冷笑道：「幸運剝奪。」

隨著她四個字吐出來，一股有別於黃色的能量從天而降，毫無徵兆的籠罩在夜諾身上。這是厄運詛咒，沒有道理，非常玄。

夜諾往前跑了一步，突然地就塌了，身旁的牆也倒了。最不可思議的是，樓上許多戶人家大中午的突然吃香蕉了，吃過的香蕉皮居然沒有道德的一同隨手一扔。

不多時，夜諾面前開始下了香蕉皮雨。

不寬的小巷子，滿地都是香蕉皮，一腳踩上去不小心就會摔倒影響逃生速度。

「嘻嘻嘻，姐姐這一招有趣吧，小弟弟，乖乖束手就擒！」運聖女笑呵呵的說。

這娘們的惡趣味，真的很難理解。

但她低估了夜諾的智商。

夜諾往地上掃一眼後，迅速的躲開塌掉的牆壁和陷入的地面，在香蕉皮的間歇起起跳跳，竟然很快就越過去。

「看來你的厄運還不夠。」運聖女氣得跺腳：「加強版幸運剝奪！」

更濃烈的黃色暗能量掉落，夜諾躲也躲不開，一瞬間地動山搖，許多細枝末節在不經意間開始糾纏在一起。

夜諾能感覺到他身旁的風、空氣，甚至光線都在發生改變。

朝著厄運改變。

但這些厄運，竟然沒有纏住他，反而隨著開竅珠中的博物館鑰匙一串輕響，厄運轉向了。

朝運聖女反彈而去。

「痛，嗚。」運聖女說話太快，咬了舌頭。

「嗚嗚。」運聖女叫痛，又咬了舌頭。

「該死，咋回事，太扯犢子了。」運聖女罵人的時候，又不小心咬了舌頭。

小蘿莉不敢說話了，她察覺到一絲異樣。不遠處那個逃跑的可惡傢伙似乎一丁點都沒有受到厄運的影響，可自己明明用除穢術將他的幸運剝奪了啊。

而且還剝奪了兩次。

可這傢伙竟然還活蹦亂跳著。

這不科學。

從小不知不幸是何物的運聖女，最近幾天才明白了厄運的滋味，而今天，她更是一再嘗到厄運的暴擊。

不光咬了舌頭就算完事了。

兩次厄運詛咒的暴擊，正在蔓延滋長。全都從夜諾身上反彈到她身上。

樓上有人朝下倒夜壺裡的可疑液體，有人扔垃圾，有人歇斯底里的吼叫和妻子吵架，結果把家裡冰箱丟下來。

細枝末節的周圍環境，在厄運詛咒中，將一切矛盾都放大，最後這些矛盾都化為厄運——運聖女的厄運。

無數大大小小的東西朝運聖女扔下來。

運聖女哪怕用除穢術擋住了，場面也變得極為尷尬。

她氣得七竅生煙，但眸子裡卻冒出一絲精光，大大的眼睛裡，透出的反而是冷靜，極端的冷靜。

眼前的小子太邪乎了，竟然能反彈自己的詛咒！他到底是怎麼做到的？

夜諾趁著這段時間，和運聖女拉開距離，渾然不知，運聖女已經到了爆發的邊緣。

人都有兩面，運聖女同樣也有，而且還是實實在在的兩面。她，是真真正正的人格分裂症患者。

顯性人格受到打壓，可怕的第二人格，就要出來了！

「姐姐，抓一個小朋友罷了，還不需要你出來冒頭。」小蘿莉的臉扭曲成兩半，一邊七竅生煙，一邊詭異冷靜。

她一邊追夜諾，一邊喃喃自語。

「真的，我沒問題的。我連百分之一的實力都還沒用出來，不過是個F級罷了。」運聖女氣得牙癢癢。

在各種災厄阻擊之下，夜諾貌似越跑越遠了。

「沒問題，沒問題，姐姐。你真不用出來。」

只聽劈啪一聲，一塊什麼東西突破重重除穢術，掉在運聖女腦袋上。運聖女愣了愣，隨手一摸。竟然是一塊衛生棉……

衛生棉上還有風乾的血跡。

太倒楣了。

小蘿莉的怒火值，已經飆到百分之八十，但仍舊嘴硬：「尷尬了，漏網之魚而已。並不是我真的不行，是那小子太邪乎。你看姐姐，我就要抓住他了。就差三十公尺，呃，三十五公尺，四十公尺……哎喲喂，這小子跑得還真溜索。」

又聽嘩啦一聲，從樓頂某一處潑來一盆水，將小蘿莉潑了個透心涼。

小蘿莉下意識的摸摸黏糊糊的頭髮，這水，有點黃，有點腥臭。這是尿，絕逼是上年紀的老人尿！

憤怒值，終於突破了百分之百。

「臭死了！臭死了！老娘不玩了！呀呀呀！」小蘿莉尖叫一聲，以她為中心，一股可怕的氣勢猛然間爆發出來。

已經將距離拉開五十公尺的夜諾突然後腦勺發涼，他感覺一股衝擊波襲來，連忙朝空中一跳，好不容易才躲開。

落地後，沒來由的，額頭上已經冒出幾滴冷汗，心裡那股強烈的不安，前仆後繼！

「出什麼事了？」夜諾下意識的回頭朝後邊一望，頓時目瞪口大，張開的下巴合都合不攏。

臥槽，他竟然看到極為難以置信的驚人一幕。

本來嬌小可愛，目視大約只有一百五十公分高的小蘿莉，突然整個人都膨脹起來，而且變得越來越苗條，前凸後翹，越來越成熟，身材很快就拔高到一百七十上下，也就比夜諾矮了一點點。

白白的蘿莉臉上的嬰兒肥也不見了，瘦成瓜子臉，蘿莉塔的黑裙子掛在她高挑的身上，長裙變超短裙，添了一股誘人的神秘感。

小蘿莉竟然在十秒鐘內大變身，從十多歲成長到二十多歲，從蘿莉變成御姐，這手段也太不可思議了。

夜諾瞪大了眼，雖然眼前美女秀色可餐，但他的心臟在狂跳，這御姐給人的感覺非常可怕。

比小蘿莉可怕多了。

夜諾用看破望過去，竟然只看到一串問號！

奶奶的，實力相差太大了，連等級都看不破。這御姐絕逼比冰聖女季筱彤還要強，我擦，這娘們果然是有精神病，而且病得不輕。

這屬於嚴重的人格分裂啊喂，嚴重到體態都會隨著人格切換產生變化。

咋搞，這種人格分裂夜諾都眼饞，他奶奶的也想要。

逃！夜諾沒敢再繼續看，專心的用出吃奶的力氣溜。

說時遲那時快，轉換形態的運聖女冷哼一聲，一腳踏出，整個世界彷彿都顫抖幾下。以她踏腳的位置為中心，一股黃得發黑的厄運之力擴散而去。

幸運和不幸從來都是相輔相成的，彷彿一個硬幣的兩個面，運聖女從小就沒有不幸，她操縱掌控著幸運之力。

靠著這力量，他們李家幾千年來勢力越來越大，幾乎是所有聖女的家族當中，最富有的，因為人類最怕的就是厄運。

她的能力偏偏就是驅散厄運。

可以驅散自己的厄運，也能驅散別人的厄運。

但厄運和幸運一樣，都是玄學，真的能夠被驅散嗎？這不僅違背了自然定律，也違背了物質守恆法則。

只有運聖女才明白這件事，厄運，當然不會被驅散，幸運也不會永無止境。歷代的運聖女都會被神賜予的力量分成兩半。

一半，掌控幸運。一半，掌控吸收來的厄運。

人生不如意十有八九，大部分人的厄運比幸運多得多，所以厄運聖女遠比幸運聖女更加可怕！

現在，厄運聖女已經現身了！

黑黃色的衝擊波襲擊到夜諾的腳下，正瘋跑著的夜諾突然感覺到腳下一沉，他低頭一看，又嚇了一大跳。

地面上不知道從什麼時候，探出無數的手。這些人手扭曲著，痛苦著，彷彿在宣洩人世間的各種痛楚難受以及災難。

無數隻手瘋狂的抓住夜諾的腳，將他牢牢固定住。

夜諾苦笑，這可是災厄之力，而且最糟糕的是，運聖女完成人格切換後，他就再也吸收不到這傢伙的力量了。

夜諾稍微想想，就明白了。如果幸運之力屬於博物館某一個遺物的恩賜的話，那災厄之力，本就是運聖女從無數人身上吸收而來的，並不屬於博物館，他自然無法吸收。

真是糟糕。

夜諾苦笑，連連結印，打出幾個手訣。

地上的人爪好不容易才鬆開，他剛想要拔腿往外跑。只感覺後腦勺一沉，腳下一空，他整個人都被一隻纖細白皙的柔柔細手拽起來。

災厄聖女抓住了他。

「小哥哥，你還想逃到哪兒去？」災厄聖女比夜諾矮一些，一個弱弱的女流將大男人提起來，看起來非常不和諧。

御姐把夜諾倒轉過來，朝著她的臉。

夜諾這才徹底看清楚了她的模樣，這活脫脫就是小蘿莉長大的樣子，身材勁爆不說，瓜子臉配上空靈的一雙大眼睛，神秘中帶著一絲反差萌。

放在世上，絕對是美人，可這美人對現在的夜諾而言，又是個絕對的煞星。

她身上的殺氣，比小蘿莉更加可怕。

「嘻嘻。小哥哥，是你讓我被用過的衛生棉打腦袋。」災厄聖女吐出這句話，沒什麼感情色彩，殺意卻迎面而來：「小哥哥，是你讓我被老人的尿潑了一身。」

災厄聖女明明在生氣，語氣裡卻絲毫沒有生氣的抑揚頓挫。

這個人格就連個性都非常神秘，捉摸不定。

和災厄一樣，災厄本身就是縹緲的，有各種各樣的類型。要不老人為什麼會說，幸福的家庭都一個樣，而不幸的家庭，各有各的不同呢？

達到幸福的標準，在人世間是相同的，而不幸福的標準，太多太多了。

「從來都是別人倒楣，奴家第一次受到這麼大的屈辱。小哥哥，你賠得起嗎？從來沒有人能將奴家生生逼出來的，小哥哥，你是第一個，你用什麼賠奴家？奴家，真的很生氣。」

夜諾嘿嘿笑了兩聲，這御姐自稱奴家，真是見鬼了，和蘿莉形態時，性格簡直是一個天上一個地上。

還是蘿莉形態好，多純真，好糊弄。

「奴家對你真的很感興趣。」災厄聖女瞇了瞇眼，大眼睛中冷意彷彿能凍結夜諾的心臟。

騙人，那絕對不是一個人對另一個人感興趣時應該有的眼神。

夜諾能感覺到自己就快要死了，性格複雜的災厄聖女，顯然氣到極點。

「乖乖把冰聖女能施展神術的秘密告訴奴家。奴家一定會讓小哥哥你死得痛痛快快。」災厄聖女說。

她吐氣如蘭，噴吐出的溫熱氣息，噴在夜諾臉上，癢癢的。但夜諾頭皮都要炸了。

這絕逼是要殺人的前奏，老子都要被你殺了，怎麼可能把秘密告訴你。不行不行，必須要想辦法搞定這娘們。

災厄聖女的實力應該是A級的高位，正面硬剛，夜諾完全不可能打得過，例如現在，他被御姐纖細的手一抓，渾身就沒有力氣了。

甚至連暗能量都提不起來。

也不知道這女人用什麼陰招。

「別想對奴家撒謊，奴家知道小哥哥在想什麼。小哥哥以為說不說都要死的話，為什麼要說實話？呵呵，在災厄面前，許多死亡，比活著更加幸福。」災厄聖女淡淡道。

她的話、她的性格，和她的身材一樣蒙著一層紗。看起來都很好，合在一起，就令人毛骨悚然了。

夜諾的大腦瘋狂的運轉著，突然他想到一件事。

等等，特麼老子怕個啥，老子明明是聖女的主人啊。

哪有主人怕僕人的？

確實，他現在實力低微，身分也絕不能曝光。確實，遇到別的A級除穢師，那麼自己肯定就真的完球蛋了，但是她偏偏是聖女……

怕個球！

「哥我就不告訴你，咋滴。」夜諾頭一偏，一展硬骨頭氣質：「有種你殺我！」

可這硬骨頭氣質，絲毫沒有受到尊重。

御姐臉上微微露出一絲怒意：「好。」

災厄聖女喜怒無常，一旦氣惱了，什麼都不再顧及，秘密什麼的都無所謂了，殺了眼前這個人，秘密也一併沉入了死亡中。

一個死人的秘密，那就是徹底的秘密了，她不知道的別人也不可能知曉。

說話間，災厄聖女抬起右手，一巴掌朝夜諾的腦門心印了上去。

就在這時，果不其然，博物館系統的提示音響起來，這聲音夜諾第一次感到親切動聽。

「您的僕人想要殺死您，是否懲罰？」

「懲罰。」夜諾自然點頭。他的想法沒有錯，博物館對聖女，果然是能控制有約束的。

「請您選擇懲罰的力度。一積分。五積分。十五積分。五十積分。」

你奶奶的，夜諾險些吐血，懲罰自己的僕人也要花點數，這博物館太摳了。

夜諾想了想，自己的積分不多。可是又拿捏不準積分對應的懲罰力度，如果懲罰輕了，災厄聖女屁事沒有，自己肯定會死。

而懲罰重了，聖女死了，這也不好玩。聖女的存在，肯定有道理。再怎麼說，至少也是夜諾的一大助力，可以當乳牛抽能量嘛。

最終，夜諾使用了五個積分。

叮噹一聲響，他的積分從 12.7，減少到 7.7 個。窮得一逼。夜諾肉痛死了！

而積分買來的懲罰，來得極快。

就在這只雪白的小手掌靠近夜諾的腦門，還剩下一公分距離的時候。災厄聖女驚訝的發現，自己的手彷彿不聽指揮了，怎麼用力，都按不下去。

緊接著，自己全身的骨頭，都開始凍結，發出難聽的骨折聲。

「嗚。」災厄聖女吃痛，一口鮮血險些噴出來。

她不知不覺中，竟然受了內傷。這是怎麼回事？為什麼自己受傷了，自己什麼時候受傷的？

「你，用了什麼邪法！」災厄聖女臉色慘白，咬牙切齒，一個字一個字的問夜諾。氣急敗壞下，連小哥哥都不喊了。

夜諾一笑，掙扎著從災厄聖女的手裡跳下來，踩著地面，笑道：「想知道吧？」美人點點頭。

「偏不告訴你。」

災厄聖女狠狠怒瞪他，可她也只能瞪。一股可怕的力量彷彿在摧毀她，令她一根指頭都動不了。

「咋滴，還想打我？」夜諾走到御姐面前，和她鼻子對鼻子。

兩個人大眼瞪小眼，災厄聖女的鼻子都要氣歪了。

夜諾伸手，在災厄聖女漂亮的臉蛋上摸了一把：「喲，這小臉，還挺滑溜的，用了什麼保養品？」

「要你管。」御姐怒視他：「要殺要剮隨你便，千萬不要放過奴家。只要奴家還剩一口氣，奴家追到天涯海角，也不會放過你。」

「性格真有趣。我可捨不得殺你！」夜諾又拍拍她的臉。

災厄聖女氣得眼睛裡冒出火，可是仍舊只能一動不動，她什麼也做不了。

「好了，不玩你了。我還有正事要做。」說著，夜諾掏出手機看一眼，臉色猛地變了，之後毫不猶豫的離開了。

遠遠地，他的最後一句話傳到聖女的耳朵裡：「今後離我遠點，不然，嘿嘿。」

災厄聖女瞪著大眼，她雖然性格複雜，但畢竟還是個女孩子。她從小就沒有受過挫折，因為幸運從來都是站在她這一邊的。

這輩子最大的挫折，就是今天。

最大的恥辱，就是夜諾。

她恨不得將夜諾釘在恥辱柱上。

她大大的眼睛裡含著淚水，她用力咬緊牙關，看著夜諾竟然什麼都沒有對自己做就走了。

他竟然就這麼走了！

自己不美嗎？自己不漂亮嗎？自己身材不好嗎？你知道猴子在天庭的時候將七仙女定住，結果只吃桃子不幹別的，是對七仙女多大的侮辱嗎？

這個可恨的傢伙！

已經有了最糟糕打算的聖女氣得牙癢癢的。

所以說，女人心啊！

另一邊李家明和程覓雅一家人現在都快瘋了！

他們遇到一個非常棘手的問題，這個棘手的問題，關係到所有人的小命。

04

老王叔叔的詛咒

夜諾被運聖女追著到處逃的時候，待在程覓雅家的李家明已經皺緊眉頭，甚至整張臉都皺成苦瓜模樣。

他實在很害怕。

明明老王叔叔已經被夜諾給幹掉，怎麼老王叔叔的面具，卻出現在自己的手心裡。這個森白的面具，帶著駭人的笑，彷彿在一眨不眨的盯著他。

盯得李家明不寒而慄。

「快丟掉！」程覓雅焦急的喊道。

李家明苦笑：「雅雅，我也想丟掉啊，可我無論如何，都丟不掉它。」

「怎麼會！」她瞪大眼。

「你看。」李家明用力甩甩手，面具仍舊在他手心裡，沒能甩出去。

「你這樣甩不行，要把指頭張開。你不張開指頭，怎麼甩東西？」程覓雅道。

「我張開指頭了啊。」李家明又試著甩了一次。

「明明你就沒有，你看你甩面具的時候，五根手指都牢牢的抓著面具。這怎麼可能把面具甩出去嘛！」程覓雅急得連忙一再示範怎麼扔東西。

李家明都快哭了：「我知道我丟東西的模樣很怪，我也沒辦法，面具好像把我的手沾住了。」

「別急，冷靜。」程覓雅深呼吸一口氣，伸手就想要幫李家明把面具給扯下來。

程覓雅的親人大駭，驚叫道：「雅雅，千萬不要。」

她不管不顧，眼看指尖就要接觸到面具了。李家明咬咬牙，瞬間挪開手，程覓雅抓了個空。

「家明，你幹什麼！」程覓雅氣道。

「你不要碰這個面具。誰知道你碰了會出現什麼危險。現在有危險的只有我一個人就夠了！」李家明笑笑道，他的笑容很難看。

程覓雅哭起來，眼淚一滴一滴的，不斷滴落：「傻瓜，你幹嘛要對我這麼好。我們明明只是萍水相逢。」

「嘿嘿，看到你第一眼開始，我就認定你是我媳婦了。」李家明撓撓頭：「咱現在別說這麼多了。我手上的這張面具，還是要等老三回來，可能才搞得定。我們現在趕緊逃吧！」

「逃？」程覓雅愣了愣：「逃去哪裡？」

「去春城。」李家明道：「剛剛老三跳窗戶逃走的時候，小聲對我說，讓我帶著你們一家子趕緊離開陰城。」

「好，好。那我們現在就走。」程覓雅用力點點頭，轉臉看向了爺爺奶奶父母和弟弟：「爸媽，咱們準備一下，趕緊走吧。」

爺爺不知為何在發呆，他愣愣的看著李家明手上出現的白面具，神色似乎很恐懼很不可思議。過了很久，他才突然道：「李家明，你為什麼喜歡我孫女？」

「喜歡還有為什麼嗎，就是喜歡啊。」李家明嘻嘻笑道，笑得很不正經。

「認真回答我，否則我們一家子，不會跟你走的。因為我們一家，暫時沒有危險了。現在最危險的，是你！」老爺子一字一句，說得很嚴肅。

李家明沉默了片刻，為難道：「其實吧，從小到大，我就老覺得自己靈魂彷彿缺了一半似的，哪個女人都看不上。可是自從看了雅雅第一眼，就愛上她了。要說理由，根本沒有。」

老爺子似乎想到什麼，在客廳裡焦慮的踱步，最後又問：「你姓李，你老家在哪裡？」

「不知道啊。我父母很早就帶我到春城打拚了，我沒有老家的記憶。老爸老媽也從來不告訴我。」

「你爸，是不是叫李強。他大概這麼高，右邊嘴角有一顆黑痣？」老爺子猛然問道。

李家明咦了一聲：「爺爺，難道你認識我爸？」

程覓雅的母親渾身一抖，突然哭道：「孽緣啊，孽緣啊。」

程康丈二金剛摸不著頭腦：「爸，媳婦，你們到底在打什麼啞謎。不，你們到底有什麼事情，隱瞞著我？」

老爺子不斷的笑：「算了，現在說這個也沒用。沒時間解釋了，我們先去找李強吧，和他見了面再說！」

李家明這個人雖然有點二，但是不蠢。自家媳婦的家人彷彿知道什麼內情。難道老王叔叔的出現並不是某種意外？甚至自己能夠直接看到老王叔叔，潛意識中認識老王叔叔，早就有了原因？

這個原因，甚至還早在老爸那一代？

他低頭看著那個越發詭異的白色面具，心猛地沉入谷底。

不好搞啊，老三，你趕緊來救兄弟我啊。

李家明害怕這丟不掉的白色面具，他乾脆脫下外套，將手和面具裹起來，之後拿出電話聯絡後，催促程覓雅一家人收拾東西。

程家每個人都簡單收拾了些物件，但是人多，每人一小點，積累起來也有好幾個箱子，普通的小車根本放不下。

「該怎麼辦。我家只有一輛車，坐不了這麼多人。」程覓雅抱歉道。

「沒關係，我已經準備好，車就在下邊。」小命攸關，李家明也顧不得隱瞞自己富二代的身分，他已安排司機在樓下等。

一行七人到樓下，竟然看到一輛拉風的金色勞斯萊斯停在下邊，長長的車身，吸引許多人的注意。

就連程覓雅的弟弟都大喊臥槽：「這誰家有錢人的車啊，怎麼停在我家樓下邊。我在雜誌上看過，這車大概要好幾百萬吧。」

「走吧走吧。」程覓雅心事重重，拉拉李家明：「家明，你的車呢？」

「在那兒！」李家明努努嘴，幫著程家將行李朝勞斯萊斯前拖。

程覓雅驚呆，難以置信：「你哪租來的車，租金貴不貴？咱們只是逃命罷了，用不著租這麼好的車。」

她覺得李家明為了在自己面前爭表現，亂花冤枉錢很不可取。

「沒啥，不花錢。這車本來就是我的。」李家明笑嘻嘻的。

「你的？」程覓雅瞪大眼。

李家明才只是個大二的學生，怎麼會有這麼貴的車？對於普通家庭的小家碧玉，程覓雅覺得很不可思議。

「別想那麼多。伯父伯母，爺爺奶奶，快點上車。」李家明一抬頭，本來還陽光明媚的天空，在他們一腳踏出樓後，變得烏雲密布，層層壓頂。

這黑壓壓的雲層，壓得人心臟難受。

絕對是不祥之兆。

要趕緊趕往春城才行！直覺告訴李家明，這裡不是什麼久待之地，被衣服包裹的手，隱隱開始又癢又痛。

李家明皺著眉頭，那面具，到底在對自己的手做什麼邪惡的事情？

偏偏他一眼都不敢看，他害怕看到自己無法接受的一幕。

站在那輛金色勞斯萊斯前，程覓雅一家老小都傻愣了眼，硬是沒人敢坐上去。

只聽啪一聲，車門開了。一個穿著灰色衣裳的人殷勤小跑過來，拉開車門：「少爺，您請上車。」

「先讓我媳婦一家上去。」李家明大手一揮，富二代的氣質終於彰顯出來。

「臥槽，姊夫，你到底是啥人。這車咱們陰城可能也就只有一兩輛。」程覓雅的弟弟咂舌道。

「小孩子家不要說髒話。」李家明在小舅子腦殼上磕一下。

程曉毛吐吐舌頭，沒安靜幾秒鐘，又呱呱呱的鬧起來：「哇，車裡好豪華，哇好寬大。不愧是幾百萬的車。還有冰箱，姊夫，我要喝可樂。」

果然有奶就是娘，這小子已經不顧姊姊的想法，大咧咧的喊人家姊夫。

程覓雅臉色有些不好看，狠狠瞪弟弟一眼。

她的爺爺奶奶倒是沒說什麼，彷彿有什麼天大的心事，老爸程康也心不在焉，車內陷入死寂般的沉默中，沒人有心思開口說話。

「少爺，請問去哪裡？」司機是個四十多歲的中年人，這個年紀的男人沉穩，車也開得沉穩。

「回家。」李家明想想，又吩咐：「對了，張叔。這輛車能開多快？」

「看限速多少嘍。」司機說。

「別管限速，有多快開多快，盡快離開陰城！」李家明斬釘截鐵的說。

張叔雖然搞不懂少爺為什麼這麼吩咐，但他畢竟只是個司機，主人怎麼吩咐，他就只能怎麼做。當即一踩油門，車匯入車流，顧不得什麼紅燈不紅燈，瞅著個沒人的時候，呼嘯而去。

「少爺既然趕時間，那咱們就以最快的速度上春陰高速。」司機將這輛商務車的性能用到極致。

車的速度不遜於跑車，引擎發出嘶吼，引得路上一眾人圍觀。

臥槽，加長型勞斯萊斯也能這樣開？

陰城到春城三百公里，如果不出意外，三個小時就能到。

不知為何，李家明總感覺，有什麼可怕的事情要發生，他不時催促一下司機，不由得臉色也和車窗外的天空一般陰沉。

快！再快些！一定要盡快逃出這座城市！

沉默的程覓雅見李家明臉色不好看，偷偷坐到他身旁：「家明，你的手有沒有事？」

「還好。」李家明看著未來媳婦，嘻然一笑，怕她擔心：「我沒問題的。待會兒要去見我爸了，他有些霸道，你可不要被他嚇壞。」

程覓雅沒理會他的玩笑，喃喃地壓低聲音，小聲說：「你覺不覺得，說不定我家人，還有你的家人，有些事情瞞著我們？」

李家明點頭：「我察覺到了。」

天黑壓壓的，烏雲不斷的擠壓著天際，這漫長的一天，終於在陰霾中迎來夜晚。晚上小雨劈哩劈哩打在不斷行駛的勞斯萊斯上。

程覓雅看一眼窗外：「你覺得他們隱瞞了什麼事？」

「這隻怪物或許沒那麼簡單。你爺爺奶奶彷彿老早就知道它的存在。」李家明說。

「嗯，我也這麼覺得。在我家裡，爺爺奶奶媽媽都知道些什麼。只有我爸爸、我和我弟弟不清楚。」程覓雅環抱著自己的胳膊：「老王叔叔出現，不可能是偶然，它身上還隱藏著更可怕的秘密。」

「無所謂秘密不秘密，總之老三已經把老王叔叔殺死了。」李家明道。

程覓雅用力看向李家明的眼睛：「你真認為它死了？」

「呃……」李家明不敢想。

「如果老王叔叔死了，你手上的面具又是怎麼回事？那明顯是老王叔叔戴著的面具啊！」程覓雅又道。

就在這時，小舅子童言無忌，在車上吃飽喝足後，突然咦了一聲：「奇怪，明明咱們上高速已經快三個小時，怎麼還沒走出春陰高速？」

此話一出，所有人都驚恐的昂起頭來。

對啊，春陰高速連接著春城和陰城兩個城市，沒有太多拐彎，由於是新修的，路況也很好。司機張叔的駕駛技術不錯，一路都是壓著一百四十的速度橫衝過來，按理說，半小時前就應該下了高速才對。

怎麼現在還沒到？

「張叔，現在到哪兒了？」李家明連忙問。

司機低頭看看導航：「報告少爺，現在到明蘭河附近，離春城還有半個小時的路。」

「半個小時？」李家明皺皺眉頭，掏出手機也看看定位。

手機上的導航也說，他們在明蘭河附近，確實還需要半個小時才能到達春城！難道是自己的感覺有問題，怎麼覺得已經行駛很久了？

不過，導航不會出錯。

「放心，還有半個小時，我們再等等。」李家明稍微放心了，拍拍程覓雅的手背。

程覓雅乖順的點點頭。

一車人又陷入沉默中，期間，程家老爺子還問了許多關於李家明父親李強的事情，越問，臉色越不好看。

這讓李家明更加確認，老爺子肯定是認識自己父親的。

半個小時，一晃而過。

李家明終於平靜不了了，因為車前的路仍舊是黑壓壓的，而車輛仍舊還在高速上行駛，往春城的交流道絲毫沒有出現的跡象。

怎麼還沒到春城？

「張叔，怎麼春城還沒到？」李家明問。

司機張叔的額頭上，已經冒出許多冷汗：「少爺，我也不清楚。按理說，我們明明已經應該出了高速才對。怪了，太怪了，我開了這條高速沒有一千次，也有幾百次了，怎麼這一次這麼不對勁兒呢？」

李家明心臟怦怦亂跳，他拿出手機點開導航。一看之下，他險些嚇得跳起來。

定位，仍舊在明蘭河附近。

車行駛了半個多小時，他們竟然一丁點都沒有移動過。這是怎麼回事？導航壞了，還是手機壞了！

「張叔，車載導航上咱們在什麼位置？」李家明嚇得在不停顫抖。

司機也開始抖：「不對啊少爺，車載導航似乎壞了，上面顯示咱們還在明蘭河附近，這怎麼可能，半個小時前，咱們就已經通過那條河了。」

「停，停下。」李家明心驚肉跳的吩咐道，他準備下車到高速公路的應急車道上瞅瞅情況。

「不，不能停！」程家老爺子突然說。

「為什麼？」李家明疑惑的問。

「你自己看看。」程家老爺子顫顫巍巍的指指車窗。

車內的燈光映照下，所有人都倒吸了一口涼氣！

只見車窗外不知何時開始，密密麻麻的貼著許許多多的人臉。這些人臉，真的只有人臉。沒有身軀，沒有四肢，每一張臉上，都戴著一副森白的面具，看得人不寒而慄。

哪怕是戴著面具，也無法遮掩人臉上痛苦到扭曲的表情，它們每一個都彷彿從地獄裡爬出來的，截斷的脖子上還滴著血。

血水順著窗戶玻璃滑落，掙扎著想要浸透入車內。

李家明和程覓雅嚇得尖叫不已：「加速，快加速！」

每個人都知道，車絕對不能停下。因為還有更多戴著白面具的頭顱在朝著車上湧來，它們將嘴巴變成吸盤，吸附在玻璃上。

還好車玻璃是防彈級別的，暫時沒有破裂的憂慮。

可到底能撐多久，大家心裡都沒有底。

勞斯萊斯的隔音很好，縱然車外幾百個腦袋密密麻麻擁擠在一堆，也沒有透入任何聲音。

車外，風在呼嘯。車速越來越快，終於，借著風壓將那些腦袋給甩掉了。李家明還沒來得及鬆一口氣，他突然感覺到高速公路上，似乎一直少了些什麼東西。

「家明，你覺不覺得，高速公路上有些不太對勁兒。」程覓雅道。

李家明直點頭：「一直就很怪啊。那些突然冒出來的頭顱，太可怕了，不知道和我手上的面具有沒有關係。」

「不只這個。你有沒有發現，自從一個小時前，我們就沒有在高速上碰到其他車了？整個高速路彷彿只剩下我們這輛車似的，太詭異了！」程覓雅哆嗦著說。

李家明如同被雷擊中，對啊，自己覺得怪的地方，就是這個。

春陰高速公路連接著兩個城市，這條高速的流量不算小。雖然現在到了晚上，也不可能一個小時中只有他們一輛車通過。

其他車呢？

到底是高速公路有問題，還是他們有問題？

李家明冷汗一滴一滴的往下落。

就在這時，同樣滿頭冷汗的司機開口道：「少爺，車快要沒油了。」

「什麼！」李家明嚇得大聲道：「怎麼會沒油的？」

「這輛車的油量是九百多公里。我前些天從春城送您出發的時候是加滿油的，本以為來回足夠了。可咱們本應該早就到春城了的，但現在卻遲遲找不到出口。」司機老張惶恐的回答。

他的話引得所有人坐立不安，李家明歎口氣，強作鎮定：「還能開多少公里？」

「車亮了紅燈，最後還能再開五十公里左右。」

「五十公里，五十公里！」李家明望向車窗外。

黑壓壓的高速公路，窗外不時有樹木掠過。黑夜裡風景一成不變，以及看不到盡頭的孤獨公路。

這一切，都令人發瘋。

「希望能在五十公里內找到休息站。」司機老張說：「應該問題不大，這條高速路我熟悉，最多間隔三十多公里就有休息站的。」

李家明輕輕搖頭，司機老張雖然也害怕，但是他根本不清楚現在的情況有多糟糕。蔓延無盡頭的高速公路、沒有其他車輛、加上本應該一個多小時前就抵達春城……

一切的一切表明，說不定，自己一行人早已經不在那條熟悉的路上。

前面還有沒有休息站，鬼知道！

五十公里花了不到半個小時就走完了，果不其然，並沒有發現休息站的蹤跡。車緩緩減速，最後因為徹底沒油，發出難聽的響聲，徹底停在應急車道上。

風越來越大，車外彷彿有什麼可怕的東西在湧動。

車內的人面面相覷，每一個人都在艱難的思考，以及選擇。

其實，他們每個人都知道並沒有多餘的選擇，只剩下一條路罷了，那就是下車！

「還是下車吧。」李家明用力摸摸掛在心口的玉佩。這玉佩是傳家寶，擁有某種辟邪的力量，原本已經被老王叔叔弄廢了，可夜諾又給他修好了。

不知道在這詭異的情況下，玉佩還有沒有用。

他心一橫，把玉佩摘下來，掛在程覓雅纖細雪白的脖子上。

「你給我這塊玉幹嘛？」程覓雅愣了愣。

「定情信物，千萬別弄丟了。」李家明瀟灑的說。

他沒有說實話，怕程覓雅這誠實的女孩不接受。

「嗯，我幫你保管。」程覓雅摸摸這塊玉，溫溫暖暖的，還帶著李家明的溫度，戴在心口上，挺安心。

「走，開門。如果順著應急車道走出交流道，應該能碰到住家。」李家明再次打開手機看看，明明有信號，可撥出去的電話卻一直都是盲音。

無論撥打什麼號碼，都是盲音。

不光是他的，就連所有人的手機也都一個德行。這明顯是個不祥之兆。

「如果遇到其他人，我再借電話打給老爸，讓他派人來接我們。」李家明率先拉開車門。

黑漆漆的高速公路，無人的路面絲毫沒有一絲光。

車門被他拉開後，光從門縫洩露出去，李家明被外界湧入的風一吹，不由得打了個冷顫。

這風邪乎得很。

太冷了，冷得刺骨。

就彷彿他待在冰箱的急凍室一般。

車門縫中傳來的光，並沒有照亮太遠的地方。李家明昂起頭警惕的站在車旁朝前方望去，路隱入深深的黑暗，周圍除了淒厲的風聲，就只剩下寂靜如死。

見少爺下來了，坐前排的司機老張和保鏢老宋也連忙下車。老張到後車廂摸出一個油桶：「待會兒找到有加油的地方，我加些油，好把車安安全全開回去。」

他倒是一如既往的負責。

「少爺，小心一點。今晚太邪乎了，我越琢磨越不對勁兒。該不是老爺的對手搞的鬼吧，小心駛得萬年船。」保鏢老宋是個練家子，會幾門武術，身手極為敏捷。老宋偷偷將身上帶的匕首摸出來，死握在手心裡。又在車上找了根撬棍：「少爺，你把這根撬棍拿著防身，待會兒有危險，你就跑。」

程覓雅一家六口人也下了車。

「好冷。」小舅子打了個哆嗦。

「走吧，此地不宜久留。」李家明試著撥通夜諾的電話，仍舊撥不通，他終於死心了。

一行九人棄車，翻過隔離帶。摸著爬著穿過溝渠，碰到隔離帶外的高速公路鐵絲網。

老宋用匕首將鐵絲網撬開一個缺口，他們鑽出缺口，身影徹底消失在樹林中。

樹林裡同樣暗無天日，每個人都掏出手機，打開手電筒模式。九道光束猶如刀子一般，把黑暗切割得支離破碎。

程覓雅走在李家明的身旁，小身子微微在發抖。

「雅雅，怎樣，怕不怕？」李家明強笑道。

「怕。」程覓雅承認自己怕：「但我不是怕這個地方，而是怕那些戴著白面具的怪物追上來。」

「它們被我們的車甩掉後，就一直沒有出現過，應該是跟丟了。」李家明說。

程覓雅沉默一下：「家明，那些怪物的出現，甚至現在我們離不開高速公路的原因。會不會跟你手上的白面具有關？老王叔叔或許並沒有被夜諾先生殺掉，它還在作祟。」

「我知道，我也是這麼想。現在只能相信我兄弟了，老三神通廣大，肯定能找到我們。」李家明對夜諾的信任日積月累。

這種信任，都已經是一種信仰了。

走著走著，不知走了多久，看時間，已經快午夜了。

突然眼前一輕，密密麻麻的樹林變得稀稀疏疏。

「我們走出樹林了，這是個好兆頭。」作為保鏢，野外生存也是老宋的必修課，他大喜道：「這種地形，只要樹木變少，就會有人類活動的痕跡。因為樹木不會無緣無故變少的，肯定是人砍伐的。」

果不其然，再走了幾分鐘後，樹林徹底消失。

就在這時，程覓雅手裡的手電筒光突然照到什麼東西。

「那裡有東西！」她連忙指著東邊道。

眾人一聽這話，趕緊用所有的手電筒都照過去。

一棟有別於黑色的灰敗建築物，出現在一百多公尺的前方。

「太好了，有房子。咱們有救了。」大家提起精神一陣狂走。

可越是往前走，李家明等人越是感到不對勁兒。

那建築物的模樣太眼熟了，好像在哪裡見過。等走近了，所有人都倒吸一口氣。

這竟然是休息站！

一座廢棄的休息站！

該死，這究竟是怎麼回事。明明朝著公路相反的方向走，可為什麼走了那麼久後又再次回到該死的高速公路上？

每個人都懵了。

05 廢棄加油站

高速公路上的休息站為了有識別度，所以造型基本上都一模一樣，全世界通用。這座休息站緊鄰高速路，黑漆漆的路面，晦暗的牆體，斑駁的招牌。

看起來不知道已經荒廢了多久。

「不對啊，簡直是不對。」司機老張雙腳打顫：「春陰高速路上，從來沒有聽說過哪有什麼廢棄休息站。這條高速公路才通車五年不到，哪會有休息站廢棄？而且從這座休息站廢棄的樣子判斷，至少也有幾十年了。」

「進去看看吧，說不定能找到些什麼。」保鏢老宋警惕的環顧四周：「最差我們今晚就住在這個休息站裡，等到天亮後，再看看能不能在路上攔車。」

「也是個辦法。」李家明和程覓雅一行人有老有少，實在也趕不動路了。

「那我等等去加油機那兒看看還有沒有剩油可以用，如果有油，我就提著桶回去找車，天亮了再出發。」司機老張早明白了今晚邪乎得緊，他是不敢繼續走下去了。

一行人緩慢的靠近休息站的主體建築，想要找能夠過夜的地方。

突然，程覓雅嚇了一大跳，險些尖叫出聲音來。

「雅雅，怎麼了？」李家明急忙道。

「屋子裡有什麼東西！」她嚇得夠嗆，指著一旁的建築物說。

她旁邊的建築，是休息站的餐廳。上邊的主打「酸菜魚」幾個字，早已經被風吹日曬褪去顏色，不怎麼看得清了。

深色的落地窗玻璃也破碎不堪，只剩幾片殘破的玻璃掛在鋁合金窗框上，透過窗戶破掉的地方，一眾人什麼也沒有發現。

保鏢老宋用手電筒仔細觀察了地面，搖頭道：「你看這地上積滿了灰塵，如果真有東西，應該會留下腳印才對。程小姐，你是不是太緊張看錯了？」

程覓雅被他一說，也有點懷疑自己是不是疑神疑鬼，畢竟剛才她只是隱約看到窗戶玻璃上有什麼東西一晃而過。

那東西白森森的，或許真的是自己產生了幻覺。

「走吧，到前面去。那邊衛生間附近的小賣部還算完整，找些貨架墊上幾層紙殼，將就過一夜就不會感覺那麼糟糕了。」保鏢老宋帶著一行人走去。

走入小賣部，裡面仍舊黑漆漆的，地上亂七八糟，彷彿整個休息站裡的人不知因為什麼原因，都是慌慌張張的落荒而逃。

貨架上許多沒賣完的零食飲料都還完整擺放著，休息站的人離開時，並沒有帶走。

整座休息站，都透著怪異。

李家明和程覓雅隨手拿起一罐可樂，生產日期竟然是二〇〇〇年的。

「果然，這座休息站早在二十年前就廢棄了。」李家明道：「這裡的食物，過期了至少十九年以上，有些東西的年齡比我還大。」

程覓雅沒搭腔，她警惕著四周，剛剛那一晃而逝的影子，到底是不是幻覺，令她很在意。

「少爺，今晚就委屈你們暫時住一宿了。」保鏢老宋很快將小賣部整理出一個角落，讓李家明等人住在一起，「大家盡量待在一起，這樣安全些。」

司機老張看大家安頓好了，就提著油桶到加油機那邊去找汽油。

擔驚受怕了大半晚上，程覓雅的爺爺奶奶以及父母，都默不作聲的接受安排，蜷縮在紙殼墊著的角落中，閉上眼睛休息。

李家明和程覓雅縮在一塊兒，而保鏢老宋則找了一把缺了一隻腳的椅子坐在大門口，他準備守一宿的夜。

很快，荒廢的小賣部就安靜下來。只剩下門外呼嘯的風，還在催命似的，淒厲的響個不停。

小舅子程曉毛年紀畢竟小，最先睡著，鼻腔沉重的呼吸著。他睡著了也不老實，沒事踢幾下腳，發出氣惱的掙扎聲。

不知在做什麼噩夢。

程覓雅畢竟心細，找了一件衣服給弟弟蓋住，又把自己帶來的一條長圍巾裹住了李家明和她自己。

兩人身體微微靠攏，程覓雅把小腦袋靠在李家明的肩膀上。

「家明，其實我一直有一件事很奇怪。但是你今天跟我爺爺說的一句話，讓我突然就明白了。」她悄聲道。

「啊，我說了什麼話？」李家明有些疑惑。

「你說你覺得自己的靈魂缺了一半似的。無論怎麼找，都沒辦法找到。」她頓了頓：「其實，我一直也都有這種感覺。我其實性格有點小孤僻，從小到大，人家同齡的女孩，初中就開始找男朋友了，而我卻怪得很，對男生不感興趣。嗯，你別誤會。我不是真的對男性不感興趣，只是對我身旁的男生沒興趣罷了。我腦子裡總有一個影子，覺得我命中之人，肯定在世界的哪個角落中等著我，所以無論有多少人追求我，我從來都沒有答應過。」

李家明驚訝的張大了嘴巴：「對，對。就是這個。我也是這樣長大的，你的感覺和我一模一樣。」

不錯，作為富二代，他從小到大遇到不少優秀的女性，可沒有一個女性能打動他，沒有一個女生能入得了他的眼。

初中高中時代，無數的女生知道自己是春城首富的公子，想方設法想要跟他偶遇，用盡手段的要攀上他。甚至上大學後，父母也給他介紹了不少優秀的女生。

可李家明，沒一個有興趣。如果不是他非常確定自己的性向沒有問題，不然早就懷疑自己是個G了。

他追楊翠安、在大學裡積極聯誼，並不是因為喜歡，而是想證明自己沒有問題，因為他總是覺得靈魂缺了一塊。

那種想要彌補靈魂的渴望無處安放。

直到那一天，他看到程覓雅。說實話，程覓雅雖然漂亮，卻只是乾淨清純而已。非要打分，頂多70左右，和他見過的許多女性都差遠了。

但偏偏看到程覓雅之後，李家明就再也挪不開眼睛。

不光是眼睛挪不開，就連頭髮、指甲、皮膚，身體的一切，都彷彿受到召喚似的。大腦瘋狂的告訴自己，眼中的那個她，就是自己等待二十年的人……

「家明，在那個聚會上，我第一眼就看到你。雖然你不怎麼帥，和別的男生比起來，差了許多，可我的心臟就是不爭氣的怦怦亂跳。」她的大眼睛撲閃撲閃的，在黑暗中明亮好看，她的臉在發紅發熱，她輕聲道：「你就是我靈魂裡，缺少的那一半。對吧？」

「對！」李家明用力點頭。

兩顆心彷彿跨越了二十年的距離，牢牢的拴在一起。

兩個人的臉，越靠越近，就在快要重疊的瞬間，突然，保鏢老宋整個人霍然站起來！

「他奶奶的，不對勁兒。」他大聲罵了一句。

「發生什麼事了，宋哥？」李家明在心裡罵了一句臥槽，怎麼這傢伙早不來晚不來，老子就快要結束初吻這個人生最大的問題，你小子蹦躂起來了。

老子回去就扣你工資！

「少爺，怎麼這麼久了，老張還沒回來？」保鏢老宋說。

「也許是他找到汽油了。」

「不，這個休息站沒有電。就算是有油，也抽不上來，只能靠手動抽取，老張一個人沒辦法搞，肯定會叫我們幫忙。」老宋搖搖頭：「而且快一個小時了，他什麼聲音也沒有，八成是出事了！不行，我得去看看。」老宋將抽了一半的菸扔在地上，用力踩滅。

「你一個人去不行，我也去。」李家明連忙道。

「那我也去。」程覓雅擔心他。

這詭異的地方，鬼知道會發生什麼怪事。老宋想了想，覺得少爺跟在自己身旁，倒是安全些，自己能照顧，於是點頭：「行，少爺你把撬棍拿上。」

三人略一準備，就朝老張一小時前走去的方向前進。

小賣部離加油站大概三百多公尺的距離，加油站隱沒在黑暗中，猶如黑夜裡狩獵的嗜血巨獸，不發出任何聲音。

怪了，如果老張在那兒，他為什麼不開手機？

三人非常警惕的拿著武器，一步一步靠近加油站。加油站的加油機在手機的燈光下，越發猙獰。已經足夠靠近了，猛然間，保鏢老宋一擺手：「快停下。」

「怎麼了？」李家明問。

「有聲音。」

「沒聽到啊，嗯，咦……」李家明側著耳朵認真聽，隱隱約約，好像在黑暗中，確實有什麼聲音，可惜聽不真切。

「是有聲音。」

程覓雅耳朵尖：「好像是吃東西的聲音。」

「難不成老張藏了吃的，好哇，難怪他不開燈。這個人老老實實的，沒想到知人知面不知心。」保鏢老宋氣不打一處來。

大家從下午就餓到現在，有好吃的東西不拿出來，這個老張的人品可真夠壞。

「我去嚇嚇他。」老宋丟下一句話，關了手機就朝聲音的來源摸過去。

程覓雅偷偷的拽住了李家明：「我總覺得不太對。」

「要不跟上去瞅瞅？」李家明問。

「還是不要了，咱倆先回小賣部去吧。」

「這，不好吧。」李家明有點猶豫。

外邊陰風陣陣，風陰森得像是一根根的針，想要活活刺入骨頭裡，不遠處的咀嚼聲，倒是越發明顯了。

還沒等他猶豫出個結果，就聽到老宋尖叫一聲，接著便是匕首四處揮舞的破空聲不絕於耳。

老宋似乎發現什麼，開始打鬥。

「少爺，快跑！」保鏢呼吸急促，像是嚇得要崩潰，他一邊揮動匕首，一邊向後退，很快，他就落入了李家明兩人的視線裡。

李家明和程覓雅頓時倒吸一口氣。

只見密密麻麻，好多飛舞的戴著森白面具的人頭，在空中飛來竄去，許多人頭面具上，甚至還殘留著殷紅的血跡。

「少爺，這些腦袋把老張吃掉了。」老宋的匕首揮舞得密不透風，可是人頭實在太多了，而且又能夠在空中靈活飛動。

他一個普通人，能夠抵擋多久？

沒幾下，就有一隻人頭竄了個空，一口咬在老宋的右手胳膊上。

「你奶奶的。」老宋痛得罵娘，反手一匕首刺過去，正中人頭的眼珠子。

人頭淒厲大叫一聲，嘴巴一扯，就將老宋胳膊上的肉狠狠撕下一大塊。血頓時四處噴濺，聞到血腥的人頭好似看到盛宴，紛紛更加瘋狂湧上。

撕裂聲，老宋的叫罵慘叫此起彼伏。

老宋這個人確實是個漢子，連著用匕首砍掉了好幾個人頭，最終仍舊被前仆後繼的人頭徹底淹沒。

李家明兩人看得雙腳打顫，臉色發白。

「人頭還是追上我們了。」程覓雅哆嗦道：「怎麼辦，怎麼辦。啊，我爸媽他們還在小賣部裡。」

「咱們現在去找他們，把小賣部釘牢一點，說不定暫時能抵擋一陣子。」李家明還算清醒，他看著她脖子上的傳家玉佩，心裡稍微安定了一些。

有了這個玉佩，應該會保護住雅雅。

兩人趁著無數白面具人頭吞噬保鏢老宋時，轉頭朝小賣部跑去。可跑著跑著，他和程覓雅就傻眼了。

小賣部呢？

剛剛他們才從那殘破的小賣部跑出來，怎麼轉眼間，明明聳立著小賣部的地方。整個小賣部，竟然都不見了。

消失得無影無蹤，彷彿從來就沒有存在過，地面上，只剩下空蕩蕩的一塊荒廢的水泥地面。

「爸爸媽媽爺爺奶奶和弟弟呢？他們去哪兒了？」程覓雅呆呆的看著小賣部失蹤的位置，瞪大眼，難以置信。

「位置沒有錯，我記得清清楚楚。」李家明也傻了眼。

不應該啊，那麼大一個小賣部以及小賣部中的五個人，怎麼說不見就不見了？就算是五隻貓，出了問題也會喵叫幾聲才對啊。

除非，程覓雅一整家人，根本來不及反抗……又或者，這又是某個靈異事件。

「管不了那麼多了，雅雅，我們快點先找地方躲起來。」李家明焦急的說：「那些鬼東西來了。」

他能聽到身後的加油站發出來的一群蜜蜂撲翅般的嗡嗡聲，那是人頭面具追來的聲音。

眼看程覓雅絕望得一動也不動，他管不了許多，扯著她就往幾百公尺開外的餐廳逃去。

但更令人絕望的是，餐廳中竟然也猛地飛出一群人頭怪來，這些怪物每一隻都戴著老王叔叔的面具，陰森的露出怪異的笑容。

它們如同掠食的殺人蜂，在空中劃過一條條可怕的曲線，密密麻麻撲向了兩人。

「老三，救命啊！」李家明終於徹底絕望了。

同一時間，夜諾小小調戲了運聖女後，心滿意足的離開。可是看看手機後，臉色就變了。李家明準備帶著程覓雅一家子回春城的時候，給他發了好幾條語音簡訊。

可其中一個簡訊特別奇怪，李家明那小子的聲音，在簡訊的中間便唐突斷掉了，長達幾十秒的語音，有一長段是嘈雜的噪音。

這噪音不太對勁兒，絕對不是普通的噪音那麼簡單。

夜諾皺皺眉頭，仔細辨別，那不是噪音，反而像是無數蜜蜂拍打翅膀的聲音。奇了怪了，現在的城市中心地帶，哪裡會有那麼多的蜜蜂。

更何況就算有蜜蜂，以李家明的膽子，身處蜜蜂群內怎麼會安然無懼、毫不在乎的繼續給他發語音。

除非，那些聲音並不是什麼蜜蜂發出來的。

李家明和程覓雅一家出事了！

夜諾稍微一分析，就想到好幾個可能性。

「老王叔叔那怪物，果然沒有被我殺死。甚至有可能因為我殺了它，它的詛咒力量，反而變得更加強大了，現在完全反噬到老二身上。」

夜諾在地上隨意撿了幾顆石頭，右手捏了一個手訣，然後將石頭扔在地上：「開！」

這是初級尋物訣，博物館的書中有詳細的使用方法。

還好我在修好老二的玉佩時，順便將尋物訣的種子，一起種在他的玉佩上。咦，這什麼情況？看著尋物訣上顯現出來的狀況，夜諾百思不得其解。

李家明似乎在高速移動，速度甚至超過了每小時一萬公里。這不科學啊，他們回春城不是開車嗎？以人類的交通工具，沒啥能達到每小時一萬公里的。

除非，是尋物訣出了問題。

老二和程覓雅一家並不在地球平面上移動，而是在空間上移動，他們被老王叔叔的詛咒，捲入了某個空間裂縫內。

夜諾租了一輛車，循著李家明最後消失的位置一路找過去，終於在春陰高速的一處應急停車帶停下來。

「就在這裡，這塊空間，有問題。」夜諾從隔離帶爬出去，來到一塊小空地上。他皺皺眉頭，然後開始撿石頭，佈置除穢陣法。

自己的實力太渣了，想要破開空間，這點力量遠遠不夠，只好借助陣法了。

他殺掉程覓雅家的那隻老王叔叔，應該是老王叔叔的分身，可即便如此，殺死這隻蛇級的穢物，也給夜諾的開竅珠中帶來了五百多點的暗能量。

夜諾尋思著，自己好好利用這些能量，不只能提升等級，餘下的佈置陣法也足夠了。提升等級，現在暫時不急。畢竟經過幾個月的摸索，他這才清楚，自己體內的暗能量確實精純，精純的程度難以想像。

這也帶來了一個難題，那就是提升非常困難。

從開竅珠中每吸收一百點穢氣，他才能轉化出一點能量上限。五百點，也不過五點罷了，聊勝於無。

決勝的基礎，現在只能靠自己的腦袋，已經讀過的博物館兩扇門內的除穢術書籍功法以及知識。

「東方，南方。」夜諾一邊佈陣，一邊唸咒：「西方，北方。起！」

撿來的九十顆石頭，一顆顆，都被夜諾仔細摸過，每摸一次就引導開竅珠中的暗能量流到石頭上：「聽我號令，破開虛妄！」

石頭上猛地浮起一層昏黃的光。

光不強，彷彿在掙扎。

夜諾微微皺眉，老二李家明等人捲入的異空間，似乎沒那麼簡單。

於是他又一揚手，抓了一把鐵屑撒上去，白光頓然抖幾下，略微變強了些。夜諾再次引導開竅珠中的能量鑽入手指，右手手指呈劍，對著陣法虛點幾下。

就這幾下，樹林開始顫動，彷彿被雷電擊中似的，發出難聽的「吱吱嘎嘎」的金屬摩擦聲。

「破！」這最初級的破空陣法確實有效，夜諾心裡一喜，加大了施法力度。

足足花費了五十幾點能量，終於，陣法的白光中冒出一絲黑色。黑色在擴大，裡邊浮現出虛妄的幻影，那幻影裡有兩個人影瘋狂的在逃跑，背後跟著一大群飛舞的戴著森白面具的人頭。

兩個人正是李家明和程覓雅。

夜諾有點奇怪，怎麼只有他們兩個，程覓雅的家人去哪兒了？他找了找，終究還是沒有找到別的人。

奇怪歸奇怪，人還是要救的，哪怕只有兩個。

夜諾伸手摸向虛妄的黑色幻影，想要把兩人抓出來。可剛一探手，臉上就露出幾條黑線。奶奶的，剛剛沒經驗，丟石頭的時候只顧耍帥，把圈弄大了些。

他又不是長臂猿，手搆不著。

想了想，夜諾一不做二不休，乾脆把皮帶扯下來，瀟灑一甩，皮帶一頭就飛入了虛妄幻影當中。

廢棄的加油站內，李家明和程覓雅逃得疲於奔命，眼看就要完蛋了，就在這時，一條長長的黑色條狀物竟然從虛空中飛出來，落在他們腳邊上。

兩人有點懵，定睛一看，這居然特麼是一條皮帶。什麼人的皮帶這麼拉風這麼長，還帶破碎虛空屬性。

「快抓住！」

又一個聲音從不知何處的虛空外傳過來，震得整個加油站都抖動幾下。

李家明和程覓雅頓時一喜，就連絕望的情緒都彷彿照射到陽光：「是老三！」兩人不管不顧，忙不失措的同時拽住皮帶，死死抓著，死都不敢放手，這根皮帶，就是他們現在的小命啊！

「抓穩了！」夜諾的話又傳過來。

緊接著，從皮帶上傳遞來一陣巨大的力量，拉著李家明和程覓雅飛上空中，密密麻麻的人頭面具不依不饒，一窩蜂飛起，追著他們緊追不放。

眼看其中好幾隻就要咬住程覓雅了。她嚇得大聲尖叫！

「埋頭！」

陣法外的夜諾開口道，說時遲那時快，一道白光射入，居然是幾個銅錢。那黑漆漆的銅錢正好打在人頭面具上，打得怪物哇哇大叫血肉橫飛。

接著又是大量的銅錢不要命狂丟，硬生生將人頭怪們通通逼退。

皮帶帶著李家明兩人一直朝著上空飛翔，越來越高。在這淒厲的風聲中，李家明和程覓雅偶然往下看一眼，頓時嚇得不輕，一股子涼意，直竄後腦勺，雞皮疙瘩都冒起來。

奶奶的，他們看到什麼，你奶奶的，他們到底看到什麼。

李家明和程覓雅兩人，分明看到他們剛剛待的那個加油站，哪裡是什麼休息站。那條公路，哪裡是啥公路。

在下方，根本沒有公路和休息站，而赫然是一只森白碩大的面具，老王叔叔的面具。

那面具裡探出一條黑色的舌頭，那根舌頭，就是他們逃了好幾個小時，最終都逃不出去的高速公路，那面具上的眼珠子就是廢棄的小賣部和餐廳。

程覓雅的親人全都被老王叔叔吞入了肚子中，生死不明。

兩人來不及多想，只見眼睛一花，身體空蕩蕩的，之後就落在某一處結實的地面上，險些把屁股摔成三塊。

「痛！」李家明揉著屁股抱怨道：「老三，你就不能輕點。」

「你還有命在，就應該謝謝我了，還抱怨屁股痛，我又沒有對你屁股做過啥邪惡的事。」夜諾呿了一聲。

程覓雅疑惑的看著四周：「這裡是哪裡？我們怎麼在這裡。剛剛我們不是還在那個廢棄的休息站嗎？夜諾先生，你是怎麼把我們救出來的？」

「通俗點來說，就是你們被老王叔叔那怪物弄到異空間中。」夜諾指了指已經黯淡下來的陣法：「要不是老二的玉佩上我順手種了尋物訣的種子，你們早完蛋了。」

「老三，你居然跟蹤我們。」李家明瞪大了眼。

「怎麼，你沒做虧心事，怕我跟蹤幹啥。」夜諾攤了攤手：「不滿意？」

「滿意，怎麼不滿意了？我這不就是皮一下嘴嘛。嘿嘿。」李家明搓了搓手：「你看我身上面積也不小，一個尋物訣種子夠不夠，不夠的話我身上你看中了哪一塊了，隨便種，別客氣。種多少都可以。」

「滾遠點，你個死變態。」夜諾嫌棄的將這傢伙推開。

程覓雅劫後餘生，看到兩人打鬧說笑，突然哇的一聲哭起來。

「什麼情況？」夜諾有些懵，這女孩明明得救了，怎麼說哭就哭個不停。女人啊，搞不懂。

「老三，是這麼回事。」李家明歎了口氣，伸手將他未來的媳婦攬在懷裡，之後將事情的前因後果全部說了一遍。

「夜諾先生，我的父母爺爺和弟弟……他們全都生死不明。」程覓雅哭個不停。

夜諾低下頭，沉默不語。

「老三，你想想辦法，能知道雅雅的家人去哪兒了嗎？活要見人死要見屍，總要有個盼頭才好。」李家明這傢伙有點烏鴉嘴，程覓雅一聽到活要見人死要見屍，本來已經收斂了的哭聲，哇的一下又更響亮了。

女人的哭，弄得夜諾有些煩，可這畢竟是自家兄弟的媳婦，他只能試試。

「程小姐，別哭了，我替你家人算一算。」當即夜諾蹲下身，掏出幾個銅錢，抓在手心裡。

博物館第二扇門中的手札裡記載著多達七十多種卜卦的除穢術法，他實力不強，也不想為這件事太浪費能量，於是選了個性價比最高的。

「問卜，吉凶。」問卜本來就是一種玄學，江湖術士用得多。就因為普通人都能用，所以最省力氣。夜諾一攤手，要來程覓雅的一根頭髮。

「血親的聯繫，從生到死都不會消逝，所以祖先死後的暗能量只要不散，就能夠通過血緣保佑後代。而血緣的體現，就是身體髮膚。」夜諾一邊施法，見兩人好奇，就隨口解釋。

他用兩根手指拈著程覓雅的頭髮，隨手一晃，能量過處，這根長髮就燃燒起來，傳出淡淡的蛋白質焚燒味道。

夜諾把燃燒的長髮放在地上，捏了個手訣，快速用食指在長髮的上下左右點了好幾下，這才將抓在手心的銅錢一把撒下。

銅錢四散，散落在長髮的周圍。

夜諾看看卦象，臉色有些不太好：「大凶。」

「啊，他們，難不成已經死了？」程覓雅渾身一軟，撲通一聲跪倒在地上。

李家明連忙扶著媳婦。

「別急，大凶只是代表他們現在的狀況非常凶險。」夜諾將銅錢一枚一枚撿起來，喃喃又道：「問卜，生死！」

又是一把銅錢撒落。

卦象散亂，有某種恐怖的力量在干擾卦象。

夜諾冷哼一聲，不慌不忙的中途將卜卦的手段套了另一種。

仍舊是卦象不明。

夜諾一咬牙，雙手的手訣繁複得像是生了花，不斷祭出；很快的，他就因為卜卦方式不斷轉換而滿頭冷汗。

拋開緊張的守在夜諾身旁的兩個小白吃瓜群眾不說，要是運聖女在這裡，絕對會驚訝到合不攏嘴。

運聖女所在的李家自古擅長卜卦，而她更是占卜中的絕強者，可現在眼前的夜諾，卻在嘗試著匪夷所思的驚人舉動。

他竟然在一個卜卦術沒有完的時候，緊接著套用第二個卜卦術，而且還用驚人的記憶力，將兩個卜卦的卦象全部記住了。不，不光如此，夜諾的算卦一個套一個，連綿不止，不要說是一個菜鳥級的F級除穢師，就算是運聖女，也不過才能套三個而已，再多便已經無能為力了。不是實力不夠，而是大腦跟不上。

可夜諾，已經套了六個之多。

卜卦和別的除穢術不同，由於窺探的是冥冥中那一絲天機，所以非常消耗能量。天機非凡人能窺視，光是只看一眼，就已經令普通人夠嗆了。那一絲一毫的天機，湧現的資料量驚人。

如果非要做個比喻的話，卜卦一秒鐘內湧出的天機，足夠裝滿好幾個大型伺服器的硬碟，那麼多的數據，誰能記得住？

更不用說進行多重卜卦了。

可是夜諾做到了，他不光做到了，好似還沒用盡全力，但是夜諾也有自己的苦衷，他沒辦法啊。

老王叔叔的實力太強大了，如果他不能不斷套卜卦術，換卜卦術，他卜卦的結果總會被干擾。

終於，就在夜諾快要撐不住的時候，被卜卦的老王叔叔最先撐不住了，天機洩露，夜諾再次一把銅錢撒下。

占卜，成。

夜諾雙腳有點軟，他苦笑一下，抹了一把冷汗：「放心，程小姐，你的家人還活著，連皮外傷都沒有。」

程覓雅一聽，終於放心了，喃喃不住：「那就好，那就好。夜先生，實在是謝謝你，沒有你的話，我還不知道會怎麼樣。」

「嘿嘿。」李家明笑了兩聲，指著自己的臉：「雅雅，你可別移情別戀。」

程覓雅臉一紅，呸了他一口。

「老三，接下來我們該怎麼辦，去救雅雅的家人嗎？」李家明在自家媳婦臉上揩了一手油，抬頭問。

「救個屁，現在連人的行蹤都找不到，怎麼救！」夜諾搖搖頭，思索道：「聽你剛剛講的東西，老王叔叔在程家出現，以及你為什麼會認識老王叔叔，估計是有因果的。不過程覓雅的親人雖然知情，可惜被那怪物給弄跑了……」

「是啊，知道內情的都失蹤了。」李家明歎息道。

夜諾皺眉，突然眼中靈光一閃：「不對，還有一個知情人。」

「誰？」李家明訝異的問。

「你爸，」夜諾道：「他肯定知道內情！甚至你爸和程覓雅的家也有某種聯繫。

更或者，你們兩家人，在許多年前曾經住在同一個地方。」

「啊，怎麼會有這種事！」李家明和程覓雅同時驚訝的張大了嘴。

「老二，你們李家應該有高人指點，所以能一直躲著老王叔叔。無論如何，先回你家找到你爸問問情況。」夜諾有了決斷：「到時候，整件事就清晰了。」

夜諾帶著兩人，回到高速公路，駕駛著租來的那輛破車，一路疾馳，朝著春城行駛而去。

今晚的夜色，更加的沉重，更加的陰冷。

不知為何，夜諾總有一股非常不妙的預感。

長達一個月的任務，這第三扇門，果然不好開啊！

06 詭面具

風馳電掣，有夜諾在，一路都沒有再出過岔子，期間在休息站略微停留時，夜諾將李家明手上的衣服扯開看看。

一看之下，他倒吸一口氣。

那森白的面具不知何時已經鑽進了李家明的皮肉中，那面具腐蝕掉了他的皮膚，黑漆漆的眼洞裡，甚至能直接看到跳動的紅色經脈和血管。

李家明和程覓雅同時嚇了一大跳。

「老三，我的手怎麼了。這個面具，怎麼還能鑽進人手中，我明明什麼感覺也沒有，咋手就被面具咬掉了那麼多皮和肉？」李家明嚇得險些喘不過氣。

陰森的面具，冷冷看著夜諾。

夜諾沒開腔，手在面具上虛劃幾下，捏個手訣，一道白光打在面具上，面具猛地發出一聲淒厲的慘嚎。

又幾道除穢術祭出，但面具除了慘嚎外，並沒有消失。

「我暫時也沒辦法，想要根除這個面具，恐怕還要找到根源。」夜諾搖頭。

「那我怎麼辦？」李家明哭喪著臉。

「放心，我用封印將這個面具封起來了，它暫時不會再傷害你。」

「哎，奶奶的，我怎麼這麼倒楣。」李家明唉聲歎氣。

夜諾臉色不好看，雖然他在安慰老二，可剛剛使用除穢術的時候，他發現了一件驚訝的事：這面具之所以除不掉，並不完全因為自己實力不濟。

最重要的是，面具，彷彿原本就生長在李家明身上，和他是一體的。這就表明，老王叔叔詛咒的來源，早就種植在李家明的體內，甚至時間之早，早在他出生前。

這件事，越來越撲朔迷離了。

三人緊趕慢趕，終於在天亮後趕到春城。

春城的清晨陽光明媚，空氣清澈，天空蔚藍得一塌糊塗，如此好的天氣，卻絲毫沒有趕走李家明和程覓雅心中的陰霾。

他們感覺心臟沉甸甸的，如同被石頭壓著，快爆炸了。

終於來到李家明的家。

雖然作為室友，和李家明也待了不短一段時間了，甚至知道他富二代的身分。

可是真正到他家門口的時候，才明白什麼叫做土豪。

李家明的家在春城市中心地段，寸土寸金的位置，竟是一座不顯山露水的小院。這座小院從門口根本看不出佔地多大，而且四面都被不算高的辦公樓圍起來。大隱隱於市，說的就是他家。

來到門衛廳，幾個警衛一窩蜂出來，正準備將夜諾租來的破車攔住。

「開門。」李家明探頭出去，只說了兩個字。

「啊，少爺！」警衛們嚇了一大跳，怎麼自家少爺居然坐著這麼一輛小破車回家了？少爺的口味，還真是奇特。

眾人連忙將門打開。

鎏金的大門敞開，夜諾駕駛著租來的又破又爛的小車開進去。一進去又是另一番洞天。裡邊佈置得更加土豪，亭台樓閣，一山一水都絕對有高級的風水師指點，甚至暗合五行之術。

最重要的是，夜諾在好幾個地方看到隱藏在山水園林間的除穢術。

這些除穢術夜諾自然認識，手札裡記載著。

居然是隱秘術的一種，而且等級還不低，叫歸隱陣，應該是李家明的老爸花了大手筆特意佈置的。

這就怪了，一個商人家，為什麼不佈置高山流水陣，也不佈置財源廣進陣，甚至來個傳統的貔貅陣才符合身分嘛。

他家偏偏佈置了歸隱陣——這個陣法只有一個效果，就是來遮掩自己和家人行蹤，不被別人探知。

李家明的父親李強，看來在躲避什麼東西。

夜諾皺眉，難不成，他躲的就是老王叔叔？李強知道些什麼的猜測，已經實錘了。

一路順著彎曲的車道前行，夜諾的車終於停在一棟裝修別致的別墅前，他的車太寒酸，顯得和周圍的環境格格不入。

「到了，我剛剛打了電話，我爸就在頂樓上等咱們。」李家明心事重重的說。

「怎麼了，你的情緒顯得有些不好？」夜諾意外道。

按理說一個人回到家，就算遇到天大的事情，也應該略微安心些才對。

「我在電話裡把前因後果給我老爸講了一遍，本以為我爸打死都不會相信這麼操蛋恐怖的事，沒想到我爸的反應太平淡了。」李家明皺著眉頭：「他只是嗯了一聲，然後叫我把雅雅帶回去。」

「你爸不簡單啊。」夜諾撇撇嘴。

明擺著，李家明身上發生的事情李強並不意外，甚至早已經預料到，有可能早晚會發生。

一行三人跟著李家明進入別墅的正廳，裡頭金碧輝煌，佈置極為裝逼，到處掛著文藝復興時期的藝術品，一看那擺設就明白土豪的「土」到底是什麼意思。

順著正廳側邊的落地玻璃大電梯，他們到了頂樓。

一出電梯門，就有幾個西裝革履的保鏢恭恭敬敬迎上來：「少爺，您回來了。老爺正在書房等您呢。」

「我們馬上過去。」李家明點點頭，一點都不想浪費時間，他帶著夜諾和程覓雅走到書房門口。

但是保鏢一伸手，就將夜諾攔下來。

「夜先生是吧，請您留在外邊。」保鏢首領說。

「你什麼意思。」李家明怒了：「他是我兄弟。我帶我兄弟進去，你特麼瞎叫啥。」

保鏢首領道：「少爺，這是老爺的意思。」

李家明不依不饒：「要進去就都進去，要不進去，大家都不要進去。」

他拎得清，夜諾不光是自己的兄弟，而且自己的小命都是他給保住的，老爸也太不懂識人了。

就在這時，從書房裡傳來一個威嚴的聲音：「家明，帶你身旁的女孩進來。」

那是李強發話了。

李家明臉色一陣發紅又發白，老爸從小就將他管得嚴，他怕死自己的爸爸了。可另一邊，兄弟的面子他也不可能不給啊。

「進去吧。」夜諾不想他為難，對他揮了揮手：「等下我自己進去。」

李家明這才鬆口氣，不過他沒聽懂夜諾說的那句話，什麼叫等會他自己進去？

書房門在他們進去後，牢牢關上。

另一邊，保鏢將夜諾請到電梯前，不屑的看了他一眼，摸出一個脹鼓的信封來。

「夜先生，老爺說多謝你對少爺的照顧。有些事情不好說白，希望你跟少爺別離得這麼近，這是一點點小酬勞，不成敬意。」

說著就將信封遞給了夜諾。

這保鏢首領確實有點狗眼看人低，其實老爺就只是讓他把夜諾打發走。可他看夜諾也稀鬆平常，沒啥特殊的地方。估計就是個想要攀少爺高枝的，這種人每天見不到一百個，也能見到九十九個了。

他那臉色，一副打發狗的表情。

夜諾不動聲色，摸摸，裡邊裝的是錢，一大疊錢，大約好幾萬。

你奶奶的，這是下逐客令了。我夜諾是錢就能打發走的嗎？他當即聳聳肩，把信封收下。

保鏢首領更鄙夷了。看，果然是為了錢，那收錢的姿勢真噁心。

「請吧。」保鏢頭領一揮手，就想要將夜諾趕走。

夜諾哪裡會走，特麼自己第三扇門的主線任務都在書房中，他根本不可能走，也走不了。更何況，剛剛在開門的一瞬間，夜諾察覺到書房中隱隱有好幾股微弱暗能量的氣息。

李強請了除穢師來？

「好。」夜諾點點頭，徑直朝書房的門走去。

「媽的，你要幹什麼？」保鏢首領一愣，伸手就要去抓夜諾。

可夜諾早已經不是普通人，他肩膀一動，就躲開了保鏢的手，眼看幾步就走到書房門口。

「堵住他。媽的，這人好不識抬舉。」保鏢首領喝道：「抓住之後揍一頓丟出去。」

其中一個保鏢低聲道：「這不太好吧，畢竟是少爺的朋友。」

「少爺的朋友多了去，也不少這一個。」保鏢首領是個狠人，以前老爺怕少爺亂交不三不四的朋友，其實暗中不知道私下處理過多少夜諾這樣攀高枝的傢伙。有打斷手骨的，有腿腳打殘的，頂多賠點錢，他們的家人屁都不敢放一個還一連的點頭哈腰道謝。

這裡可是春城李家，哪裡容阿貓阿狗造次。

幾個保鏢都是練家子，身手不錯，當即朝夜諾圍上去，夜諾沒傷他們，只是用非常離奇的步伐一再躲開。

保鏢首領皺皺眉：「這小子有些邪乎，抄傢伙，絕對不能讓他進書房。」

「我就是想進書房問你們老爺幾個問題，不會傷害他。我不為難你們，你們也不要為難我。」夜諾淡淡道。

他的任務必須完成，想要理清楚線索，全落在李家明老爸李強的身上，他不得不霸道一回。

最令他在意的是，李強已經請了除穢師，下一步會做什麼，用膝蓋都想得到，絕沒有好事情。老王叔叔的可怕，普通除穢師根本無法解決，但哪怕是身為春城第一富豪的李強，畢竟也只是個普通人罷了。

除穢師看起來神奇，除穢術讓普通人很景仰崇拜。這種景仰崇拜，會要了他們一家子的命，必須要阻止。

誰叫李家明是自己兄弟呢。

幾個保鏢掏出警棍，保鏢首領不知從哪裡摸出一把槍。用槍就有點過分了。

夜諾瞇了瞇眼睛，隨手一摸，將保鏢們全部嚇了一大跳。這傢伙要幹嘛，拿兇器？

結果夜諾摸了幾個銅錢出來。

「哼，故弄玄虛。」保鏢湧過去，準備下狠手。

夜諾也沒再客氣，這幾個傢伙一再的狗眼看人低，就算他脾氣再好也忍不下去了。何況，他的脾氣本來就不怎麼好。

聰明的人，從來都天生驕傲。

夜諾手一揚，銅錢打過去，正好打在保鏢的手腕上，打得他們哇哇大叫。手裡的警棍全掉在地上。

保鏢首領的身手好，居然躲過了夜諾的銅錢鏢。

「你居然也是練家子。」保鏢首領斜著眼，冷哼了一聲：「別留手，給我呼叫支援，把這傢伙抓起來，他手腳不差，還能用暗器，不知道他接近咱們少爺有什麼居心。」

這人乾脆給夜諾扣上一頂大帽子。

夜諾不再留手。

「別動，否則我就開搶了。」保鏢首領見夜諾冷冷看了自己一眼後，竟然抬腳朝他走過來。

一輩子刀口裡舔血，死亡中摸爬滾打，甚至當了許多年雇傭兵上過戰場的他，居然內心有點慌。

這小子太邪乎了。

夜諾看也不看他手中黑黝黝的槍口，保鏢一咬牙，正準備扣動扳機，說時遲那時快，夜諾動了。

他捏了手訣，身體瞬間就虛幻起來，幻化出好幾道虛影。保鏢首領看得眼花繚亂，不知道哪個才是真的。

就在這時，一個鞋印在他的眼前變大，越來越大，大得直接撞擊到他的臉上。

保鏢首領慘嚎一聲，整個人都被踢得飛起來，身體受到巨大的撞擊，直直的朝書房的門飛去。

書房門被撞開了，露出房中一眾愕然。

保鏢首領痛得在地上嚎叫，完全沒辦法爬起來。夜諾施施然走進了書房，臉色無比淡然，就彷彿是人家請他進去的一般。

「誰！」李強坐在紅木辦公桌後邊，正在和眾人說話。看到保鏢首領飛進來，還把他精心買來的門給撞爛了，不由得有點詫異。

「你好，李伯父。我是李家明的大學同學。」夜諾大咧咧走過去，也不在乎別人的眼光，找了張舒服的沙發坐下。

「你是李家明的大學同學，對了，叫夜諾對吧。」李強氣惱夜諾這一連串的行為有點目中無人，不過他馳騁商場那麼多年，什麼人沒看過。

夜諾並不像是普通的大學生。

哪有大學生看到春城首富時那麼淡定的。畢竟他的集團每年提供了春城的大學幾乎百分之六十以上的就業機會，他可以說在某種情況下，對春城的大學生掌握著生殺大權。

春城的應屆畢業生只要想在春城混，進入他李氏集團，就是人生成功的標誌。

「是我沒錯。」夜諾揉揉腳，他跑了一晚上，確實有點累了。

「你把保鏢送進書房，倒是辛苦你了。」李強看看地上躺著仍舊爬不起來的保鏢首領，哼了一聲。

一旁的李家明目瞪口呆，自己的父親自己熟悉，他聽到父親的語氣就覺得不好，剛準備替夜諾說好話。

父親李強對著他一揮手：「你閉嘴。」

「夜諾小朋友，雖然你是犬子的朋友，可是無辜打了我的保鏢，總要給我一個解釋。」李強又道。

夜諾無所謂的說：「有些人躺著，眼睛就貼著地了，這樣眼光才能看得高。」

「你是說我的保鏢得罪你了？」李強更怒了，明眼人都看得出來，自己的保鏢才是受傷的那個。

「好了好了，這些都是小事情。伯父，我來，是為了問你幾個問題的。」夜諾的心態倒是放得很正。

得到暗物質博物館的他，不再是普通人，在某種意義上，他已經是人間行走的神了。

雖然自己這個神還很弱小，但畢竟還是神啊。一個小城市的小土豪罷了，如果不是看在是自家兄弟的爸爸，他根本不放在眼裡。

他的傲氣和淡然，更是將李強氣得不輕。

李強在桌下按了個按鈕，很快，就有十多個全副武裝的保鏢衝進來。

「把他拖出去，別下手狠了，畢竟是少爺的朋友。」李強對保鏢下令，特意將朋友兩個字，拖得很重。

看起來不光是對夜諾不滿，甚至因為自家兒子交往了這種不知好歹的朋友，他更是氣上加氣。

十多個保鏢會意，這是要下狠手的潛台詞，連忙前仆後繼的朝夜諾湧過來。

夜諾看也沒看他們一眼，朝懷裡一摸，摸到一把硬幣，體內暗能量一湧，手往前一拋，十多枚硬幣如同離弦的箭，硬生生打在保鏢們的防彈衣上，啪啪作響。

這硬幣比子彈還可怕，明明沒有擊穿防彈衣，可巨大的力道震得身體向後倒飛出去，保鏢們每根骨頭都像是震斷似的，沒有人能站起來。

頓時，書房中的李強倒吸一口氣，再也說不出話了。

怎麼回事，只是撒了一把硬幣而已，就把那麼多保鏢放倒了？這可不是正常人應該有的力氣，難不成他會內功，是個內家高手？

一時間，整個書房都陷入了死寂當中。

李強的臉皮有點發黑，他感覺自己的面子被夜諾打得不上不下。這個馳騁商界二十多年，黑白兩道都要給面子的春城商人，實在不知道該說什麼了。

反而是書房一旁站著的五個陌生人先開了口。

「小兄弟，你也是除穢師？」

這五個人穿著休閒裝，年紀最小的大約二十五六，年齡最大的已經四十多了。那四十多的漢子一臉絡腮鬍，聲音也很粗狂。

「不是。」夜諾道。

他一進入書房就注意到這五人了。五個男子確實都是除穢師，肯定是李強花重金請來的，不過水準非常一般。

夜諾用看破略略掃一眼幾人的實力。

三個 E1 級別，一個 E2。四十多歲的男子應該就是這群人的隊長，實力也最強，達到 E3 級別。

「還說你不是，剛才你露的那一手掌中飛，可是段位不錯的除穢術。」黑臉男子道：「小兄弟，你是哪個組的，屬於哪個分部？級別是多少？還有，你的除穢證給我們看看。」

「都說了我不是除穢師。」夜諾撇撇嘴：「我沒證。」

暈死，敢情除穢師都是要靠資格證的？這點他是真不知道。

黑臉男子皺起眉頭：「你沒有證？所以你是自由除穢師嘍？」

說這話的時候，他的聲音頓時嚴厲起來，彷彿夜諾做了什麼不得了的嚴重錯事。

夜諾撓撓頭，這傢伙，是準備來事情了啊，倒是不知道他看中了自己身上啥東西，你看，你看，黑臉男子的眼睛裡，一聽到自己是自由除穢師後，貪婪止都止不住。

「既然是自由除穢師，卻不知約束自己，甚至胡亂傷害普通人。你犯忌了，你犯了大忌了，知道不？」黑臉男拉長聲音。

他身旁那個 E2 級別的除穢師一直在盯著夜諾看，眼珠都盯得佈滿了血絲，一絲絲能量在眼眶中流轉不息，不知道在使用什麼除穢術。

夜諾壓低眉，這人應該是這群除穢師中軍師或者幕僚的存在。他在利用最低級的探測術，探測自己的實力。

夜諾懶得阻止他，自己的實力連自己都很謎。說實話，他的暗能量雖然不到五十點，但實力卻遠遠不能這麼算。

果不其然，沒過多久幕僚就湊到黑臉男耳旁，低聲說著什麼。

黑臉男哈哈得意的大笑了兩聲：「小兄弟，你不過一個 F3 級的實力，竟然跑到春城李家來造次。李強先生，我替你拿下他，算是這次任務送你的彩頭了！」

一旁看情況不對的李家明連忙來到父親旁邊，扯了扯父親的衣服，他急得不得了。

雖然聽不懂什麼F級，什麼除穢師，什麼證啥的，可是自家兄弟好像陷入麻煩中了。

「給我閉嘴，好好看。」李強知道的東西也不比兒子多多少。

對於這神秘的除穢師世界，他雖然偶有接觸，但接觸的並不多。除穢師這種職業太隱秘了，如果沒有人牽線，自己這種富豪，根本接觸不到。

現在剛好，趁著黑臉大漢他們出手，來瞅瞅到底能不能破除老李家的詛咒。

「可是老爸，我兄弟……」李家明臉發青。

夜諾有危險了啊，雖然他貌似很神秘，但自己清楚得很，夜諾變得有超自然的手段，也不過就這一兩個月間的事。

也就是說，夜諾只學了那勞什子除穢術一兩個月。而老爸請來的除穢師，他們可是專業的。用膝蓋想，夜諾估計不一定打得過。況且，黑臉男面色不善，肯定會下狠手。

夜諾仍舊一臉無所謂：「看夠了吧，你究竟看上我身上的什麼，直接說出來。別給我來彎彎道道的，我趕時間。」

黑臉男見夜諾識破了自己的算盤，倒也不再掩飾，一個F3級的自由除穢師罷了。他們這五個人想殺了他，就跟捏死一隻螞蟻差不多。

「小兄弟，你的除穢術掌上飛，和普通的不太一樣，威力也太大了。你一個F3

級，怎麼可能使得出來？」黑臉男瞇著眼：「還有你身上的除穢力，也和我們的有些不同。你到底是從哪裡學來的？」

夜諾恍然大悟，原來自己還真被黑臉男一行人惦記上。自己的除穢術，來源於暗物質博物館中，前兩扇門內的手札資料以及書籍。這些書籍手札，都是歷代管理員留下來的心得，自然和世間上的除穢術不同。

夜諾甚至懷疑，除穢師組織的前身，有可能就是博物館的某一屆管理員創建的，甚至聖女能夠為他所用這件事，也同樣如此。

這為的就是管理員們方便自己行走人間，更好的完成每一扇門的任務。至於世間除穢師們的除穢術，不過是博物館的管理員們隨意教的改良簡易版罷了，真正的除穢術，還是要在博物館中去學習。

所以黑臉男一看到自己以 F3 的實力施展掌上飛這個非常低級簡單的術法，眼睛都看直了，貪念也有了。

很簡單，一個三歲小孩子拿著一百萬在無人的巷子裡亂逛，誰會不貪？

夜諾就是這個身懷鉅款的小孩。黑臉男一行人，怎麼會不貪圖他的東西？更何況，夜諾施展掌上飛時的暗能量，也不同凡響。

黑臉男肯定是猜自己這個自由除穢師，得到某種不得了的秘笈傳承。

這倒是給夜諾提了個醒，今後關於這一點，自己一定要注意一些才好。免得被除穢師組織的某個強者逮去切片了。

「要秘笈，我沒有。」夜諾搖頭，這秘笈他是真沒有。而且非親非故的，他憑啥把博物館記載的正統除穢術告訴他們？

「哼。」黑臉男早就知道夜諾會這麼說了，將心比心，自己得到不錯的秘笈，他絕對不可能拿出來，死都不可能。

不過今天要死的，可不是他。

而是對面這個不知好歹的小朋友。沒能力的人懷揣鉅款，或娶了美若天仙的妻子，都絕對不是好事，而是天下最糟糕的厄運。

例如馬雲在路上撿到一個億，和一個貧民窟的孩子撿到一個億，能是一回事嗎？說不定當晚那孩子就會被人闖空門，一整家人都會被屠殺淨盡。

世界就這麼殘忍，甚至比普通人想像的更加殘忍。

「既然小兄弟你不願意交出來，就不要怪我們公事公辦了。」黑臉男淡淡道：「這個人罔顧除穢師的法則，無辜傷了普通人。顧正，你去把他拿下，留活口。」

顧正，正是五人中最年輕的，大約 E1 實力。對比夜諾才四十多點的能量值，實在是強大太多。他的除穢力，大約在一百多左右，是夜諾的三倍。

黑臉男怎麼想都不會覺得顧正會輸掉。

顧正也這麼想，他連武器都懶得亮出來，一抬腳，一伸手，就朝夜諾抓過來。

夜諾不躲不閃，手上白光一閃，一個結界術擋住了顧正的手，另一隻手，輕輕的印在顧正的胸口。

顧正的拳頭打在結界術上砰砰作響，他臉色一變，迅速向後退。

黑臉男子大為驚詫：「結界術，你怎麼會用結界術。」

一個F3級的自由除穢師，怎麼可能施展出結界術？他一個E3級別的都不會咧。何況，哪怕是最低級的結界術，也需要超過一百五的除穢力。夜諾的除穢力才這麼一點，怎麼能用出來？

他從哪裡學來的？

這到底是怎麼回事！

07

李家和程家的往事

另一邊，被夜諾一掌震得想退卻退不動的顧正更加驚訝，他明明想要退，可渾身上下，竟然被夜諾一隻肉掌輕輕鬆鬆的給吸住了。

這貌似是除穢術掌心吸，可一個F3使用出來的掌心吸，怎麼可能將自己這種級別的給吸住？

不科學啊！

「倒下！」夜諾倒是很開心，說實話，今天迎戰顧正，才是他真正意義上的第一戰。以前遇到的穢物，不是太強大，要不就是更加強大。迎戰人頭少女時，若非有冰聖女在，他早就嗝屁了。

而老王叔叔在程家的分身，也多虧了能量乳牛運聖女。

不過，自己的實力確實太渣太渣了，用了個結界，用了個掌心吸，就花了快十點能量，這能量簡直不夠用啊。

他真有些懷念運聖女了，這隻可以用憤怒值隨意變大變小，變身蘿莉御姐的丫頭，又能用來戰鬥，還能當乳牛。

完美的寵物啊！

嗯，夜諾已經完完全全將運聖女當作自己未來的寵物了。

夜諾手心一用力，比他強大三倍的顧正就真的倒下了，顧正臉色發白，他感覺自己全身的骨頭都被夜諾的掌心吸震斷。

「這小子邪乎得很。」黑臉男的神色陰晴不定，眼中歹毒和貪婪的光，更加濃了。他已經認定夜諾得到什麼非常高級的秘笈，一想到能從他手中搶過來，黑臉男就心臟狂跳不已。

奶奶的，以 F3 級的實力施展掌心吸，還能施展結界術，簡直是聞所未聞。

那小子得到的秘笈，可不得了。

「圍住他。」黑臉男當即再也顧不得身分，一揮手，把剩下的三個除穢師一起招呼著，將夜諾圍起來。

「終於準備一起出手了嗎，嗯，也好。」夜諾微微點點頭。

他還沒打過癮呢。自己判斷自己的實力很困難，果然還是需要實戰才行。剩下兩個 E1，一個 E2，一個 E3，真不知道他們會用什麼手段拿下自己。

想想就小兔亂撞。

顧正被夜諾一個照面就放倒了，這令黑臉男終於正視起夜諾來。一上手，所有人就都拿出武器。

這些人的武器也稀奇古怪得很。

有短刀，有短劍，有棍子，而黑臉男拿的是一把開叉的匕首。那匕首寒光閃閃，分叉的刀刃如同蛇信，嗤嗤散發著怪異的黑氣。

「這把匕首附了穢氣，有意思。」夜諾多看了匕首兩眼。

除穢師組織幾千年的歷史，果然有它獨到的地方，比如將穢氣附著在武器上增加攻擊力或者別的效果，就是其中之一。

當初和冰聖女一起的光頭老大的兵器，現在想來應該也是附魔武器，而且比黑臉男的附魔匕首高級多了，這把匕首不值一提，低劣得很。

「拿下他，打殘了打瘸了都可以，剩一口氣就行。」黑臉男狠狠下令。

說話間拿匕首的，拿棍子的，拿短刀短劍的一起朝夜諾進攻。

夜諾大笑一聲，幾個結界術甩出去。作為普通大學生，他因為體質受到暗能量改造，速度也快了許多，所以哪怕是從前學過的三腳貓防身術，也威力巨大。

他用結界術擋住了兩個 E2、E3 的除穢師，然後一揚手就對著兩個 E1 打出掌上飛。好幾個硬幣飛過去，兩個 E1 除穢師的身手不錯，顯然也是練過功夫，但耐不住夜諾陰險。

在兩個 E1 後退的瞬間，他故意在這兩傢伙背後甩出一個小結界術。結界術剛好擋住了除穢師的小腿後，兩人一退，就被絆倒了。

夜諾又是兩個硬幣打出去，硬幣力道可怕，深深的陷入了除穢師的心口，這兩個 E1 頓時慘叫一聲，昏死過去。

「金晨，鑫海！媽的，這小子不是一般的自由除穢師。」黑臉男大駭，怎麼一轉眼的工夫，就只剩兩個人了。

他雖然是 E3，理應比 E2、E1 級別的除穢師都厲害得多，更不要說是眼前的夜諾了。可面對這實力彷彿明明只有 F3，卻深不可測的夜諾，他有點心虛。

這小子，太不符合常理了。

「還剩兩個。」夜諾默默的計算一下自身的力量，開竅珠中還有幾百點可以轉化，對付黑臉男小意思。

一邊計算，夜諾手也沒停下。

接著又是幾個硬幣，分別朝著黑臉男以及另一個 E2 打過去。

黑臉男和 E2 早就防著他這一招了，用匕首和棒子將硬幣打開，兩人的手被硬幣震得虎口發疼，心驚肉跳。

這掌上飛術法，明明用的只是普通的硬幣，而不是特定的除穢器，竟然威力也這麼大，黑臉男給E2級的棒子男使了個眼色。

棒子男會意，捏了個手訣，似乎想要施展某種除穢術。

夜諾皺皺眉頭，迎面撲過去，而黑臉男則一咬牙趕上來，擋住了夜諾的去路。

「小子，你的對手是我。」黑臉男乾笑兩聲，他也顧不得留不留夜諾的命了，一出手就是自己威力最大的攻擊手段：「白虎煞！」

只聽如同虎嘯的聲音，排山倒海迎面撲來，那一陣陣的聲波帶著驚人的煞氣，震得似乎整層樓都在發抖。

聲波猶如具象化了似的，直接攻擊向夜諾最脆弱的脖子。

「這招白虎煞，太差勁了。」夜諾搖頭。

白虎煞自己在手札裡看到過，一聲響起震天倒，可惜黑臉男用起來，就像是洞房夜裡扶不起的新郎。

如果黑臉男聽得到夜諾的評價，估計會被氣死。這可是他花了大價錢才搞來的除穢術啊，你這個坐擁兩個房間數千本術法書籍的土豪，根本不懂底層除穢師老百姓的苦。

夜諾既然知道白虎煞，它的弱點，自然也清楚。

只見他手輕輕在聲波的波紋中一點，白虎煞竟然就這麼在離開他一根手指的距離，消失得無影無蹤。

黑臉男難以置信的瞪大眼。

這怎麼可能！這可是自己這個 E3 施展出來的白虎煞，這白虎煞用了接近一百點的除穢力，接近自己全身能量的一大半了。

怎麼會被夜諾一指頭消除？

這完全顛覆了黑臉男的常識，如果不是真真切切的能感覺到夜諾的能量值不多，並不是啥隱藏的大佬，否則他就要開始懷疑人生了。

事情搞到這種地步，黑臉男有了逃的打算，先溜掉，之後的事情，呼朋喚友再來報仇也不晚。

這時棍子男的除穢術，也準備完畢了。

「偷生鬼！」他的最後一個手訣打完，手一翻，竟然從手心裡翻出一張除穢符來。除穢符上密密麻麻的畫著許多文字。

咦，這些文字，夜諾認識，和第二扇門中那個前朝管理員的文字結構差不多，這是一張偷生鬼符。

用來傳訊息的。

只不過棍子男實力低微，很難觸發這種等級的除穢符，所以需要時間來觸發。

偷生鬼符上瞬息間冒出一股白煙，那白煙猶如飄忽不定的嬰兒的形狀，偷生鬼看了棍子男一眼後，彷彿明白什麼，就拚命向天花板逃竄。

夜諾哪裡能讓它將訊息傳遞出去。

說時遲那時快，他摸出銅錢就朝偷生鬼打過去。硬幣打人，因為人見錢眼開。而銅錢打鬼，同樣是有錢能使鬼推磨。

打人打鬼，用錢都有效。

附著在銅錢上的能量，讓偷生鬼本能的嗅到危險的氣息，它頓時跑得更快了。

夜諾一個結界術擋在偷生鬼的跟前，擋住了它的去路。

眼看夜諾要將偷生鬼打死，黑臉男和棍子男都急了，連忙不要命的朝夜諾打過來。

夜諾兩手兩用，不斷用結界術阻擋天生擁有空間屬性的偷生鬼，另一邊輕鬆阻擋兩個除穢師的攻擊。

結界術能夠阻斷空間，更不要說偷生鬼的空間屬性微弱得很，很容易被打斷。

偷生鬼不斷被結界術阻擋，根本無法破開空間，進入空間裂縫，它哇哇大叫著，聲音異常難聽。

最後一個猝不及防，被一枚銅錢打中，最後不甘的煙消雲散。

黑臉男眼睛圓睜，他打死都想不到，自己這一組不過是隨手在 APP 上接了個任務罷了，可卻因為貪心，栽了。

偷生鬼死後，叫不了救援，黑臉男以及棍子男沒抵擋幾下，最終還是被夜諾層出不窮的除穢術搞翻了。

他們倒在地上，渾身痛得站不起來的時候，仍舊想不通，明明只是一個 F3 級別的自由除穢師而已，怎麼會那麼多除穢術？怎麼每一個除穢術都反常的威力巨大？難道這個小子，是哪個大老的私生子不成！

看著倒了一地的除穢師，夜諾滿意的揉揉手。這一戰還算及格，自己學來的除穢術大多都是理論上的，今後還需要多多練習，變成肌肉記憶。

書房中，死寂死寂的。

程覓雅和李家明以前已經見到過夜諾使用超自然力量了，但是李強第一次見識，他張開嘴巴，合都合不攏。

當初這五個除穢師在自己面前露了一手，就已經讓李強驚為天人，覺得黑臉男他們是人間行走的超人了，沒想到轉眼間工夫，就被自己看不上眼的夜諾輕鬆撂倒，甚至是實力碾壓。

這臉打得啪啪的，李強覺得臉皮痛得很，不過作為成功的商人，臉皮啥的，根本不要也罷。他很快就調整好心態，乾咳了兩聲：「夜諾小朋友……呃，不對，夜先生。」

他不敢再喊夜諾的名字了，厚著臉皮叫了聲先生。自己確實是有錢，不過也僅僅只是土豪而已。但夜諾可是有實實在在的超能力啊，想要讓他全家死光光，並不比捏死螞蟻困難。

在這些超人面前，普通人的錢財權力，比紙還薄。

「李伯父，我是李家明的兄弟，你叫我小夜就好。」夜諾淡淡道。

「不敢不敢。」李強見夜諾在瞪他，連忙道：「那我就托個大，叫你一聲夜兄弟吧。剛剛的事情請夜兄弟不要見怪，是我有眼不識泰山，兄弟你讓我怎麼跟你賠不是都行。」

夜諾嗯了一聲，既然李強這麼堅持，他也無所謂了，最多各交各的。

何況剛剛的事，他確實沒放在心上，不然怎樣，當著兄弟的面打他爸一頓？

「夜兄弟，你準備怎麼處理這些除穢師？」李強話一轉，問道。

夜諾沉默一下，是啊，自己要怎麼處理這些除穢師呢？放他們走，可這些傢伙對自己起了貪心，今後還不知道會搞出什麼么麻煩。

「看來夜兄弟還沒考慮好，如果夜兄弟不嫌棄，那我可以代為處理。」李強有李強的想法。

他怕如果放了這些除穢師，黑臉男會帶人來報復，乾脆一不做二不休，直接喀嚓了。創造出春城如此大的商業王國，李強黑的白的都幹過，手裡沾的血，絕對不少。

黑臉男的報復，他一個普通土豪，承受不起，殺了乾乾淨淨一了百了，免了後患，就算別的除穢師找來，也能將包袱丟到夜諾身上去。

夜諾自然明白李強的想法，他躊躇著，殺人，自己還真沒幹過。

見夜諾還在猶豫，李強急了，他怕拖久了出問題：「夜兄弟！」

「知道了，我自己來。」夜諾清楚，既然已經走上這條路，今後與人爭，與穢物鬥，都不會少。不是你死就是我活的自然界法則，非常的現實。

總有一天，他要邁出這一步的。

那麼，今天就開一次頭吧。

「你們先出去。」夜諾不想讓別人看到，揮手讓李強和李家明等人出去。

李強會意，拖著兒子和程覓雅暫時離開了書房。

等了一會兒，就聽到夜諾喊道：「好了，進來吧。」

地上乾乾淨淨，哪裡還有黑臉男五人。活要見人死要見屍，可屍體，也沒見到。也不知道夜諾用什麼手段，連屍體也處理好了。

「老三，你殺人了？」李家明大聲道。

夜諾點點頭：「放心，他們死得不痛苦。」

「唉。」李家明的心情複雜，他隱約知道自家兄弟今後走的路會很艱難，普通人殺人，想也不敢想。

除穢師這條路，太複雜了。

李強什麼也沒有多問，他很識趣：「夜兄弟，你來的時候不是要問我什麼問題嗎？」

「對。我想要問的是，你以前認識程覓雅的家人嗎？還有你和程家，是不是同鄉？你故鄉那，是不是老王叔叔早就已經出現過了？」夜諾問。

李強臉色頓時變得很難看，他在書房踱著步，好半天，才一咬牙，撲通一聲，跪倒在夜諾跟前：「夜兄弟，請救救我們一家！」

夜諾連忙將他扶起來，這個李強雖然剛開始看不起自己，可畢竟是兄弟的老爸，不管別人怎樣，自己禮數要做到。

「夜兄弟你說得沒錯，我和程家確確實實早就認識了，我們兩家甚至還是世交。」李強說。

「那張恒一家人呢？」夜諾將張恒的資料從手機裡調出來。

李強看看，渾身一震：「這確實是老張家的娃，不比我小多少。我們李家、程家和張家，都住在同一個村子。夜兄弟，張家的這個張恒，怎麼了？」

夜諾說：「他和他的一整家人，都消失了。」

「消失了？」李強露出果不其然的表情：「看來他們最終違逆了老王叔叔。」

夜諾問：「那個老王叔叔，究竟是什麼東西？」

李強左右看看，小心的將書房門關好，然後讓所有人都坐下，歎了口氣後，這才緩緩的說道：「家明，許多事情我一直都瞞著你。不過既然老王叔叔已經找上門來了，我也無法隱瞞了。當著你朋友的面，我就把事情的前因後果，都告訴你們吧。那個老王叔叔，是纏繞了我們島上村，好幾千年的噩夢！」

要說自稱老王叔叔的怪物是什麼時候出現在島上村的，早就沒有人記得起來了。它的到來沒有規律，但離開卻非常規律。

老王叔叔會突如其來的降臨到島上村的一戶人家，或者好幾戶人家中，待在那個家中一年，足足三百六十五天。

一天不多，一天不少。

期間，這怪物會用一切你想得到想不到的殘忍手段折磨這個家庭的所有人，大部分村民忍受不了，紛紛自殺，或者觸犯老王叔叔的規則，離奇死亡。甚至有一部分村民，妄圖殺死老王叔叔，可沒有人能夠成功。老王叔叔殺不死，哪怕你今天想盡辦法殺了它，明天，它又會回到你的家中，用更加可怕的手段折磨你。

只要忍夠一年。

如果過完一年你還沒死，它就會突然消失不見。

島上村的噩夢，世世代代延續，沒有盡頭。每一個出生在島上村的人，都會發現那個戴著白面具穿黑衣服的老王叔叔，會在某一天突然出現在你家，喧賓奪主，成為你家的主人。

沒有人能例外。

「老王叔叔上一次出現，是在二十五年前。當時不知發生什麼事，老王叔叔出現在島上村的大部分家庭裡，許多人妻離子散，全家死光。唯獨我們李家、程家和張家等少有的幾個家庭撐下來。」李強一臉痛苦，哪怕他現在變成春城大亨，仍舊害怕當初的那一幕：「你們完全無法想像，二十五年前我們幾家人經歷過什麼，才在老王叔叔的恐怖支配下活下來。事後，我們幾家人一合計，做了個決定。」

幾家人覺得不能再這樣下去了，他們心一橫，將所有死亡家庭的財產搜集起來，值錢的帶走，不值錢的一把火燒掉。

島上村位於長江的一座小島上，自古與世隔絕，土地非常肥沃，如果不是因為老王叔叔的出現，這裡真是個環境優美的世外桃源。

但老王叔叔真的把島上村的村民嚇得膽寒了。

李家、程家、張家，活下來的家庭將島上所有財富全部分了乾淨，全部離開了那片土地，再也沒有回來過，也相互不再聯繫。

聽到這裡，程覓雅開口道：「李伯父，既然我們程家也是從島上村逃出來的。可為什麼我爸爸不認識老王叔叔那怪物？」

「你父親當初被你爺爺從小就送出島，而張家的張恒也同樣如此。他們沒有經歷過二十五年前的恐怖，自然不認得老王叔叔是什麼東西。」李強頓了頓，又回答道：「之所以村長會拍板送你爸以及張恒出去，是為了試驗一件事，那就是如果所有人都搬離了島上村，會不會一併將老王叔叔的詛咒甩開？村長和村民們，一度認為成功了。因為二十五年前，老王叔叔並沒有出現在外界寄養張恒以及你爸的家庭中。所以發生了二十五年前的那件事後，所有人才最終下定決心離開。哪怕是我，也以為，老王叔叔的詛咒，隨著我們的離去後，再也不會出現……」李強苦笑兩聲：「沒想到，老王叔叔的詛咒，詛咒的不是那塊土地，而是人。詛咒的根源，是我們島上村所有人的血脈，無論逃到天涯海角，詛咒都會找上我們，沒人能夠逃得掉！張恒一家既然失蹤了，老程家只有程覓雅這丫頭還倖存，下一個，大概就輪到我家了。」

夜諾點點頭：「所以你在家中佈置了歸隱陣，想要將自己的行蹤隱藏起來，你送給李家明的玉佩，也並不是啥傳家寶，而是含有隱藏自身氣息類除穢術的除穢器。不過那除穢器，等級低是低了些，可裡邊有好幾個除穢陣法很不簡單，連我也不認識，彷彿是專門針對老王叔叔的，那除穢器，你是從哪裡得來的？」

「那玉佩是我當初在島上村分到的東西，一摸到它，我就覺得不凡。最後拿出來給高人看過，說這確實是好東西，所以當作紀念，給犬子戴上。」李強道。

夜諾皺皺眉，他總覺得李強沒有說實話。

他沒有點破，李強是一隻老狐狸，既然他都不肯說實話了，問了也等於白問。夜諾將資訊在腦子中不斷的處理，最終還是沒有搞明白，老王叔叔到底是從哪裡來的，到底是啥玩意兒；而它，又為什麼會出現在島上村，它的詛咒，為什麼只詛咒島上村的村民？

百因必有果，事出必有因。

沒有無緣無故的詛咒。

當年，島上村一定發生過什麼不得了的事情，所以才引來了老王叔叔這個陰魂不散的怪物詛咒。

要搞明白真相，最終還是要到島上村走一趟才行。

夜諾用盡手段殺過一個老王叔叔的分身，但殺了也白殺。如果不搞定它的真身，任務還是無法完成。

「程小姐，老二，我明天準備去島上村走一趟，你們就留在這裡。」夜諾道。

「不行，如果按老爸的說法，那麼老三你去島上村就太危險了！」李家明連忙搖頭。

夜諾正想說什麼，突然，李家明捂著腦袋痛得在地上滾。

「怎麼了？」所有人都嚇了一大跳。

「痛，我從右手一直痛到脖子。」李家明痛得抽著涼氣，斷斷續續道。

夜諾當機立斷，一把將他纏著繃帶的右手，連帶著外套衣服全都扯掉，頓時，李家明的胳膊肘和上半身全都暴露在空氣裡。

李強一看，大驚失色，聲音都哆嗦了：「這是怎麼回事，老王叔叔的面具，怎麼會出現在犬子的身上？」

森白的面具，帶著陰森的笑，不知何時已經徹底鑽入了李家明的皮膚。它從右手背，一直爬到李家明的脖子，眼看不知道多久，就要爬到李家明的臉上去了。

更可怕的是，老王叔叔的面具，顯然想要戴上李家明的臉。

這恐怖的一幕，令人毛骨悚然。

夜諾連連用了好幾個封印術，這才勉強止住了李家明身上的白色面具的爬行速度。

「我的封印管不了多久。」夜諾搖搖頭，連連苦笑：「看來我要帶上他了。」封印必須要隔幾個小時就施加一次，不然白色面具就會繼續順著皮膚往上爬，誰知道爬到李家明的臉上後，李家明會變身啥。

程覓雅擔心的看著李家明，一咬牙決然道：「我也去。畢竟我的家人生死不明，說不定去島上村，能夠找到他們的蹤跡。」

夜諾仔細看了她一眼，最終還是點點頭。

他分明看到，不光是程覓雅，就連李強印堂上，也隱隱出現一個黑印，那黑印像一個面具，濃厚得化不開。

這分明是詛咒，老王叔叔的詛咒。

這可不是好兆頭，這是死兆啊！

「李伯父，我還有一個問題。」程覓雅擔心的看看李家明，李家明被夜諾施加封印，痛苦終於沒了，可額頭上的冷汗還掛著。

「問吧。」面對這個女孩，李強的表情顯得非常複雜。

「我跟家明是什麼關係，為什麼我總覺得他和我之間有著某種聯繫？那種聯繫伴隨了我二十年，我的整個人都像是缺了一半似的，直到看到家明後，才明白他就是我缺失的那一半。」程覓雅對這個問題疑惑不已。

李強歎了口氣，許久後，最終才吐出幾個字：「孽緣啊！」

「孽緣？」又是這兩個字，當初同樣的話，也從自己爺爺的口裡迸出來過。

程覓雅和李家明都直直看著李強。

可李強顯然不願意多說：「程家丫頭，如果你能找得到你的爺爺，就好好問問他。我能告訴你的不多，我只能跟你說一點——你和犬子的姻緣，是二十五年前，老王叔叔定下的。」

這句話，嚇得程覓雅和李家明不輕。

自己兩人明明才二十歲，怎麼早在二十五年前，就被那隻怪物定下了姻緣？不合理啊，難道老王叔叔，還會替別人指腹成婚。

「別想得那麼美。」李強猜到他們的心思：「那隻怪物非常歹毒，它興趣來了，就會給島上村的村民瞎點姻緣。而它點過的姻緣，沒有一個好結果，而且兩個人只要在一起，都會以非常非常恐怖的結局收場，這完全是它的惡趣味。家明，程家丫頭，如果你們真的為對方好，就離對方遠一點，最好一輩子都不要再見面。」

李強的話，令程覓雅和李家明的心冷到極點。

他們無法想像，失去了對方，自己還怎麼活。

二十年來缺失的靈魂，就是對方。可這段感情，卻偏偏是老王叔叔點的，結局真的會又殘忍又悽慘嗎？

兩個人臉色煞白的看著對方，程覓雅看著看著，就流出眼淚，止都止不住，李家明的情況也不好，看過人心碎嗎，不帶眼淚的那種？

很多時候，不帶眼淚的絕望，更加痛苦更加難受。

夜諾一人一個爆棗，將兩人打醒了：「放你們祖先人的屁，誰說老王叔叔定下的姻緣，就沒有好結果。我不同意。」

「老三！」李家明險些哭出來。

他感覺夜諾的那個爆棗就是一道自帶光暈效果的聖光，活活把他的絕望劈開了一道縫隙，讓名為希望的光透進去。

「你是我兄弟，我總會幫你的。」夜諾道。

他的任務就是殺掉老王叔叔，拿到門後的存在需要的東西，只要老王叔叔死了，它的姻緣詛咒也會一併消失。

瞧瞧，這個邏輯多簡單，可身在迷局中的人，卻老是看不透。

夜諾帶著李家明和程覓雅準備走人，李強請他等一等。

這隻老狐狸按下呼叫鈴，讓保鏢首領進來：「曾昂，你被解雇了，馬上收拾你的東西走人。」

這句話，是他特意說給夜諾聽的，也是他的表態，雖然夜諾對剛剛的事情表示不在意，可李強不能不在意。

做人做事，細節最重要。這是他能在春城走這麼遠的根基，何況跟夜諾接觸了一段時間，覺得他並不是個咄咄逼人的小鬼。

所以能讓夜諾將保鏢首領踢進來的原因，肯定在曾昂身上。

曾昂這人他清楚，當年救過自己，可正因為仗著救過自己，在集團裡這幾年目中無人慣了。

夜諾說得沒錯，人的眼睛抬得高了，確實要趴下去，才能看得清楚自己幾斤幾兩。

「老闆……」曾昂想要爭辯什麼，李強一揮手，讓他滾。

曾昂臨走的時候，怨毒的瞪了夜諾一眼。

幾個小時後，夜諾坐著一輛普普通通的越野車，載著李家明和程覓雅出了春城。筆直的朝著東方行駛。

這一路的風景是啥樣，沒人在乎，他們都知道，終點是希望所在，也有可能是絕望所在。

但夜諾和他們都沒有回頭路。

目標：島上村！

08 島上村驚魂

島上村位於長江偏北，是一個常年與世隔絕的小村子。

這座村子沒有橋，只有渡船能到，倚靠著長江流域的經濟發展，島上村由於順風順水，風景優美，最重要的是土地便宜。

所以最近幾年，被一家大型開發商買了去，發展旅遊房地產。

這塊僅僅只有五平方公里的江中小島上，修建得美輪美奐，許多稍微有些家底的中產在這裡置辦了房產家業住在島上。

黎憐就是其中之一。

她的家買在島上村的江南半島社區，這個社區修建得很有江南的格調，小橋流水，亭台樓閣，別具風情。

黎憐很喜歡這裡的風，這裡的水，彷彿她本來就屬於這裡一樣。在江南半島的開發商那裡看了樣板房後，她就迫不及待用全部積蓄買了一套可以遙遙看到長江水的小聯排，價格不貴，可以承受。

屋子一裝修好，她就迫不及待帶著兒子和老公住進去。

黎憐的門牌號是109。

她覺得這套房子買得很值，可最近，她卻有些恐懼。

因為黎憐的窗戶外邊，幾天前開始，總是站著一個人，一個不算太高，穿著黑色衣服，還戴著白面具的人。

這個人，總是笑。

他臉上的白面具，陰森得很，露出咧嘴的笑，笑得人毛骨悚然。

「到底是什麼人！」黎憐渾身發冷，她唰一下牢牢將窗簾拉上。

不過這層薄薄的窗簾，並不能阻擋那個戴著面具的人給予自己的恐懼感。黎憐老覺得那個人，在透過窗戶，透過窗簾，冷冰冰的盯著她看。

那面具男，除了站在自己家的窗戶外，就沒有別的舉動了。他既沒有進花園，也沒有靠近自己家的大門。

黎憐發覺，這人彷彿不吃不喝不休息，一直都待在她家的窗戶外，這傢伙，究竟想要幹啥！

一連三天，當老公終於出差回來時，黎憐這才總算鬆口氣。

「老公，門外老是站著一個古怪的人，他的樣子怪嚇人的。我怕！」黎憐對老公抱怨道。

老公愣了愣：「什麼怪人？」

「他三天前就站在我們家大門口了，一直都沒有走。你看，他現在估計都還在我們家門口咧。」黎憐摸摸心口。

「怎麼可能。」老公皺皺眉頭：「如果真有人站在我們家大門口，我回來的時候，怎麼沒看到？」

「你沒看到？」黎憐渾身一抖。

「萬一那個人是小偷呢，為什麼三天了都不在電話裡說？」老公又道，他沒太在意的走向客廳窗戶。

「我是怕耽擱你的工作嘛。」黎憐小聲說。

以老公的性格，跟他說了，他肯定會拋下工作跑回來，自己沒工作，是個全職主婦，家裡只靠老公一個人掙錢。

現在買了房，房貸可是一大筆沉重支出，兒子上學也需要錢，她不想老公的工作出問題。

「那麼，你為什麼不打電話給物管？」老公又問。

黎憐「啊」了一聲：「對啊，我忘了現在是有物管的小區了，這裡明明有物管的啊。嘻嘻，我真笨。」

「你呀，還是這麼糊塗。」老公笑罵了一句後，終於走到窗戶前，一探手，就摸到窗簾，將窗簾拉開，他只是往外看一眼後，整個人都恐懼的呆住了。

他一動也不敢動，渾身冒出雞皮疙瘩，一股涼氣，猛地從後背湧上。

黎憐見老公的神情不對勁兒，連忙問：「老公，你怎麼了？」

她想要走到老公身旁。

老公連忙驚恐的喝道：「不要動！」

「為什麼要我不要動？」黎憐不懂老公的意思。

「千萬不要動。」老公語氣中的恐懼，藏都藏不住：「現在是幾點？」

「八點了啊。」黎憐乖乖聽了老公的話，沒有再往前走。

「這個時間，天早就黑了。憐憐，你忘了咱們家住一樓，我不想暴露隱私被路上走來走去的人看個清楚。所以特意在咱們的一樓客廳裝什麼玻璃嗎？」老公艱難的嚥了一口口水。

他一邊說，一邊偷偷掏出手機，撥打報警電話。

「啊，記起來了，你說是什麼雙層遮罩玻璃啥的。」

「對，這種玻璃，白天有光，裡邊能看得到窗外，但是外邊看不進來。但是一到晚上，屋裡屋外都看不到對方……屋裡，就只能看得到屋子中的反射了。」老公顫抖的說：「你說那個怪人，連續三天不吃不喝不眠不休的待在咱們家的窗戶對面。你晚上是怎麼看到的？晚上，明明你看不到窗外的景象！」

黎憐懂了，她懂了後，頓時也毛骨悚然起來。

這三天，每到晚上，她明明也能透過窗戶看到外邊站著的面具怪人的。對啊，明明晚上她不可能看得到外界的情況……

除非，她在晚上看到的並不是窗外，而是家裡的鏡像。

那個面具男，早在三天前，就已經進入了她家。

黎憐和她老公嚇得不輕。窗簾拉開的一條縫隙裡，反射著屋子中的景色，隱約在客廳的沙發上，坐著一個黑衣戴著面具的男子。

「嘻嘻。」那男子嘻嘻衝著兩人詭異的笑了笑。

「黎憐小妹妹，秋元明小弟弟。你們終於能看到我了，真好，真好。我們來玩遊戲吧。」面具男開開心心的說：「如果輸了，你們會死喔。」

門牌號114，王澤住在這裡，他已經住了有兩個半月了。

他一個人獨居，崇尚不婚主義，養了一隻黑色的拉布拉多。

這隻拉布拉多被他養得很壯碩，他當寶貝養著，拉布拉多黑得油亮，看起來非常精神。

但是不知道這棟聯排的風水是不是不太好。自從王澤搬到島上村的 114 號房後，一併帶過來的拉布拉多，一到凌晨一兩點就開始瘋狂的叫個不停。

這讓王澤很困擾，也沒少被鄰居罵。

可王澤能幹啥，他只能一個勁兒的道歉，但自己的拉布拉多不爭氣啊，從前多乖一隻狗，聽話忠誠，只要王澤教過牠啥，牠一學就會。

拉布拉多的智商可以高達人類幼童的水準，不過為什麼牠老是叫個不停呢？而且王澤發現，自家的拉布拉多，從前些時間的凌晨一兩點開始叫，變成現在九點過十點過就開始嚎了。

那嚎叫之慘，之淒厲，彷彿被虐待了似的。

王澤有些委屈，明明自己一直都好水好肉的伺候著，自家的拉布拉多，該不是瘋了吧！

甚至最近，拉布拉多犬再次變本加厲，不光是從下午六點半就開始叫，而且還彷彿像是不認識自己這個主人了似的。

牠對著自己狂嘯，嘯得眼珠子都紅了，口水四濺，但最氣人的是，對鄰居和經過的路人，卻焉噠噠的提不起精神。

自家的狗，只對著自己叫。

王澤感覺要瘋了，他要被家裡的狗給鬧瘋了。每一次靠近這條黑色的拉布拉多，狗就叫個不停，彷彿沸騰的油鍋中偶然滴落了一滴水，劈哩啪啦的聲音響個不歇。

就算是自己餵牠吃最喜歡的狗罐頭，牠也不吃。

拉布拉多像是不認識自己這個主人了，王澤不知道狗到底怎麼了。為什麼會變得這麼瘋狂，這麼狂躁，這麼的……

恐懼！

對，拉布拉多看他的時候，情緒是恐懼的。

最終不光是鄰居受不了，連物管也看不下去了。江南半島的物管客氣的讓王澤把狗狗處理一下，雖然語氣確實客氣，可意思不容置疑——那就是這隻狗，明天就不准在社區裡出現。

因為牠嚴重影響到社區的安寧平靜。

王澤沒有辦法，他最終將拉布拉多犬送給朋友。

就在那天晚上，哪怕沒有了自家狗狗歇斯底里的狂嘯，他卻一晚上都沒有睡好覺，腦海裡反反覆覆都是拉布拉多衝著自己叫的情景。

越想，他就越覺得不太對勁。

那麼溫順的拉布拉多，他從小就養了，足足養了七年，不可能突然就不認識自己了啊。

牠真的是在衝著自己叫嗎？

一想到這兒，王澤突然愣了一下。

對啊，狗狗真的是在衝著自己叫嗎？

有些不對勁兒啊。

那隻狗，在衝著自己叫的時候，現在想來，視線分明是在死死盯著自己的身後。

但是自己一直獨居，身後能有什麼？

王澤突然有一股毛骨悚然的感覺，這個想法一旦湧入腦海，他就止都止不住。

背後有什麼？

狗狗究竟在衝著什麼叫？

他在床上翻了個身，突然，他看到自己的床上，自己身後的被子裡，突然有個什麼黑色的影子隆起來。

那是一個戴著白色面具的陌生男子。

王澤嚇得尖叫一聲，瘋了似的想要從床上逃走。可是他卻一動也無法動彈。

那個陌生的面具男子，露出陰森怪異的笑容，開心的道：「小澤澤，你家的狗真的是太討厭了，牠老是衝我叫個不停，不准我靠近你。嘻嘻，不過現在已經無所謂，牠已經不在。」陌生男聒噪的不停說著，一舉手，掏出一個黑乎乎的狗頭來。

這隻狗的脖子斷裂了，死得慘不忍睹，鮮血淋淋，似乎生前遭受了莫大的折磨。

王澤看著狗脖子上殘留的項圈，眼淚就流下來。

這隻狗，正是今早他送走的那隻拉布拉多。

狗死了，因為牠一直在保護自己。

現在的他，再也沒有了保護，暴露在這個可怕的陌生男子手裡。

「你到底是誰？」王澤一字一句，狠狠的問。

「我是你老王叔叔啊，我們來玩遊戲吧。」面具男樂呵呵的說：「這個遊戲，你輸了的話，會死哦！」

夜諾帶著李家明和程覓雅，來到長江邊的落山鎮，需要在這裡搭乘渡船，才能到達島上村。

他們將車停在江邊上的商業街附近，跑到街上透氣。

「哇，這裡就是長江了啊。我還是第一次見到，真壯觀。」程覓雅不習慣坐長途，中間吐了好幾次，聞到新鮮空氣後，不由得深呼吸起來。

落山鎮依山傍水，風景秀麗，這裡的空氣裡瀰漫著長江的味道，很舒服。

小鎮不大，來往的鎮民悠閒度日，腳步很慢，說話很軟，和大城市那種緊張的氣氛截然不同。

夜諾盤算一下，第三扇門的任務，已經過去十五天，還剩下十五天時間，不知道夠不夠？

老王叔叔這怪物，仍舊還有許多謎沒有解開。如果解不開的話，就會變成死結，不光是李家和程家，就算是夜諾，也會死掉。

但情況，暫時還沒糟糕到那種地步。

夜諾一邊走一邊翻看島上村的資料，一路拾級而下，不知不覺中就來到渡口。

「到島上村的船票單程三十塊，要坐船大半小時。」程覓雅咂舌：「長期住在島上，這可不是一筆小開銷，住到島上的人，可真需要勇氣。」

「現在島上村已經開發成度假村和別墅區，上邊住的人還是有些小錢的。」貴為春城首富的公子，李家明沒說錯。對他而言，那些住在島上村的中產階級，說他們有點小錢，都是抬舉他們了。

夜諾看著資料，突然說了一句：「不妙啊。」

「呃，老三，什麼不妙？」聽到這句話，李家明有些心裡犯哆嗦。

老三都覺得不妙了，這事情就糟糕了。

「島上村，比我想像的還要更加不妙。不知道是有心，還是無心，你們自己看看。」夜諾將手機上的圖像遞給李家明和程覓雅看。

兩人一看之下，頓時倒吸一口氣。

「這是怎麼回事？」

夜諾螢幕上是一張衛星地圖的照片，照片中，島上村就在中央，但它的模樣卻異常詭異，幾公里的面積，彷彿一個碩大骷髏腦袋的樣子。再加上島上的成片白樺樹，以及度假村與別墅的造型佈局。

這活脫脫就是一個面具，森白的老王叔叔的面具。

度假村是面具的嘴巴和下顎，兩處別墅群，是面具的眼睛。

衛星照片上，森白的面具，正咧開陰森的笑容，用恐怖的雙眼，直勾勾的看著他們。

程覓雅和李家明同時打了個冷顫，嚇得不輕。

「老三，我怎麼覺得去島上村是一個非常錯誤的決定，和跳進火坑差不多。」李家明道。

夜諾淡淡說：「我們就是去跳火坑的。」

李家明和程覓雅沉默一下，可不是，明知道是火坑，他們也只能跳下去，老王叔叔的詛咒已經纏在他們身上，這輩子也不可能逃得掉。

更何況，李強和程覓雅爺爺說他們是孽緣，這彷彿一根針，刺在兩人的心臟。

夜諾拿李強塞給自己的錢租了車，買了船票，坐在船上，他一眨不眨的盯著江水滔滔。

滾滾長江，看似平靜的水下實則波濤洶湧，暗流湧動，危險不斷。

這何嘗不是他們三人的命運，顛簸，而且前路未知。

夜諾覺得心裡壓得慌，他抬頭看看天，隨手用翠玉珠擦了擦眼睛，通往島上村的水路方向，陰氣縱橫，黑氣瀰漫。

他苦笑一下。

都說被大火烤的不一定是鳳凰，也有可能是烤鴨，聞著很香，但也涅槃不了。他偏偏要掙扎一下，將李家明和程覓雅註定的可悲幸運，從烤鴨變成鳳凰！

畢竟以老王叔叔那怪物的性格，它指定的姻緣，絕對不是啥好事。

船頭破開水浪，一路朝著長江水深處前行。水波不斷在船尾形成，還好一路相安無事，半個多小時後，到了島上村。

下午的陽光，剛剛好。

「這個島修得不錯，雖然不大，但是建築材料都是上乘的。格局也和江南水調的格局差不多，老闆應該是江南人。」夜諾下了船，評價道。

出了船運碼頭後，就是一條寬敞的小道，可以容納兩輛車並行。路上車很少，行人也不多。道路兩旁的小鋪子，一副歲月靜好的精緻，老闆們悠悠閒閒坐在櫃檯後邊玩遊戲的玩遊戲，看小說的看小說。就是沒有啥生意。

畢竟這座島剛開發出來沒幾年，來旅遊的人並不多。

李家明和程覓雅看過島上村的建築衛星圖，心裡仍舊悸悸然得很。

「老三，你說這個島上修得跟個面具似的，到底是不是有人有心造出來的？」李家明問。

「說不清楚。」夜諾搖搖頭。

要說是無意之舉，這也說不過去，什麼巧合，能巧合成這個模樣？其中必有蹊蹺。

「老二，你能利用李家的關係，查查購買了島上村的土地、修建開發的人是誰嗎？」夜諾想了想，吩咐道。

「我找我老爸試試。」李家明連忙撥打了電話。

順著小路的步行道緩緩朝村中心走，三個人有些迷茫，雖然是來島上村調查的，可要命的是，他們現在沒啥目標啊。

實在不知道從哪裡調查起。

「我訂了房，是一間評價還不錯的民宿。」李家明打完電話後，在手機上點來點去，打開了APP：「要不先去住宿的地方瞅瞅。」

他訂的民宿就叫南江，名字短，配圖漂亮。小橋流水，魚池清水，網紅鞦韆和漂亮的老闆娘。

完全是格調民宿的標配。

最主要的是，南江民宿正好位於面具臉的右眼上，順著這條坡道前進，就能走到。畢竟島上村，確實不怎麼大。

夜諾三人走走停停，李家明和程覓雅心事重重，而夜諾則是利用驚人的記憶力，將島上的一切細節都牢牢的刻在腦海中。

這座島處處都透著詭異。

模樣像是老王叔叔的面具不說，建築的佈局，乍看之下沒啥大問題，可細細看過去，就問題大了個去。

將這些建築連接到一起，特麼分明是一個陣法。

這個陣法夜諾也沒在博物館的書籍和手札裡見到過，但是看陣法繁複的程度，貌似不是什麼好東西。

難不成這陣法也是巧合？

不，絕對不是！

夜諾心裡那種不祥的預感更加濃了。

還沒走到南江民宿，天就已經開始黑暗下來，快晚上七點時，島上村的街燈一盞盞亮起，別具一格的街燈，造型同樣古怪。

如同一串串的蠟燭，還是白色的蠟燭，點燃街道的黑暗。

「這街燈看得人瘆得慌。」程覓雅縮縮脖子。

「都七點了，這鬼地方也沒個計程車，估計走到住的地方還要半個多小時，咱們先吃飯吧？老三，行不？」李家明心疼未來的媳婦，怕她餓了。

「也行。」夜諾點頭，他看著白蠟燭似的街燈，似乎在思索什麼。

李家明隨便找了一家中餐館，這家中餐館沒啥人，老闆很熱情，見夜諾三人站在門口，大老遠就吆喝起來。

「兄弟，帥哥，美女。吃飯啊，進來坐嘛。」那招攬客人的表情，卑微到極點。

夜諾看看餐館招牌一眼，皺皺眉，最終還是帶著兩人邁腿走進去。

點了幾樣菜，老闆的手藝不錯，正宗的川味是做出來了，不過整個偌大的餐館，正是用餐的時間，路上行人也逐漸多了，可始終只有夜諾一桌子人在吃飯。

上菜時，店老闆不時唉聲歎氣，小聲抱怨。

「怪了，為什麼我家一到晚上老是沒啥生意。明明兩邊的店都沒我家做的好吃，位置也沒我家好，卻都有客上啊。」老闆娘也撐著下巴，鬱悶看著餐館門外的餐客。

那些餐客路過川菜館時，都朝裡邊望一眼，便毫不猶豫的走入兩側競爭對手的店中。

程覓雅有些好奇：「咦，怪怪的。這家飯菜的味道挺好，用的也是真材實料，怎麼會沒生意？而且竟然只有我們一桌子人在吃飯。」

「吃飯就吃飯，不要說話。」夜諾低聲道。

不多時，她發現坐在自己身旁的李家明，竟然渾身在微微發抖。

李家明在害怕？

他在怕什麼？

「家明，你怎麼了？」程覓雅問。

回答他的，卻是李家明更加顫抖的身體，以及上下磕碰不停的牙關，他用力埋低腦袋，將臉都要埋進飯裡了。

「家明，你到底怎麼了？」程覓雅百思不得其解。

「老三，咱們走吧。」李家明沒有回答，只是又驚又恐說了這麼一句。

夜諾一把按住李家明的肩膀，聲音更低了：「安安靜靜的吃完，你的模樣太明顯了，正常一點，我們吃飽了，才走得掉。」

兩人打啞謎似的，程覓雅並不笨，她立刻閉了嘴。

一股怪異的氣息，流淌在餐桌上，餐館裡自始至終只有夜諾一桌子在吃飯，夜諾吃得很香，哪怕他沒啥胃口，至少也裝作吃得很香。

李家明同樣如此，不過他的表演能力欠佳。

好不容易熬到將飯菜吃得差不多，三人結了帳，逃也似的離開中餐館。

等到了街對面，只能隱隱看得到餐館的位置，李家明才長鬆了一口氣，他整個人出了一身冷汗，彷彿剛從水裡撈出來似的，癱軟在地。

「家明，夜諾先生。你們到底看到什麼！」程覓雅問：「現在可以說了嗎？」

夜諾撇撇嘴：「程小姐，你覺得，為什麼那家中餐館價格便宜味道不錯，分量也好，卻沒有生意的原因是什麼？」

「或許有什麼黑歷史吧。不然我看到兩邊的餐館，去的人也不少啊。」程覓雅疑惑的回答。

「你說的原則上對，但還有另一種可能。」夜諾一字一句的說：「你覺得人多，需要等很久才能就餐的店，你會去嗎？」

「看情況吧。」程覓雅道：「一般都不會去，除非特別喜歡特別有特色的。」

「對啊，這個島上的其他人，和你的想法差不多。畢竟那家中餐館雖然什麼都不錯，但也不比旁邊的店好多少，不值得等。」

程覓雅更疑惑了：「可中餐館中只有我們一桌人在吃飯，不需要等啊……」

說到這，她突然長長的「啊」了一聲，她指著餐館，又指著我們，驚訝得許久都說不出話，臉色瞬間就白了。

「夜諾先生，你的意思是，那家店我看來是空的。但是走過路過的行人看到的，卻是滿的。裡邊，坐滿了客人？」她的後背竄上一股陰冷的涼，說話也哆嗦起來。

李家明的恐懼還沒完全消散，一個勁兒的點頭。

「你看到了，夜諾先生也看到了？」程覓雅又問。

可她看到的中餐館，卻空無一人，這是怎麼回事？

李家明終於緩過來了，他開口道：「本來我們進餐館前，餐館裡是沒人的，我吃得也很開心，可時間過了七點一刻時，當我偶然一抬頭，就發現剛剛還空的餐館，竟然已經坐滿人了。本來我也沒注意，直到店老闆上菜的時候咕噥了一句，怎麼店裡還是只有一桌客人的時候，才感覺不太對勁兒。再看，那些餐客竟然一個個都戴著白色的面具，老王叔叔的那種面具，身體筆直的坐著，一動也不動。那些都是老王叔叔的分身啊。那些老王叔叔的分身，竟然全部坐在我們身旁，我怎麼可能不嚇死。」

程覓雅呆呆道：「那些走過路過的食客，都能看到老王叔叔的分身，以為餐館滿了，所以才到隔壁就餐的？他們為什麼能看得到老王叔叔的分身？」

「因為他們都被詛咒了。」夜諾插嘴道。

「可我也被詛咒了，為什麼我看不到？」程覓雅又問。

「因為你身上的詛咒還沒成型，就被我殺掉了老王叔叔一個分身，暫時阻斷了詛咒的蔓延。」

突然，夜諾臉色鐵青起來。

他分明看到，遠遠的坐在餐館中的那許多隻老王叔叔的分身，猛然間都偏著腦袋，朝三人瞅過來。

冰冷刺骨的視線，陰森森的蒼白面具臉，以及那咧開的詭異笑容。

夜諾大叫一聲不好，拽著程覓雅和李家明就逃掉了。

09

鬼店

還好。

不知為何，老王叔叔們並沒有追趕上來。

夜諾三人逃得氣喘吁吁，在一座小公園裡停下了。

「呼呼，它們沒追來。」李家明大氣不接小氣的說。

程覓雅雖然全程都沒有看到啥，可也明白剛才的凶險：「夜諾先生，真有那麼多老王叔叔？」

「你不是聽過老二他爹說過嗎，老王叔叔並不是只有一個，而是分身一般的存在，可以存在於一個家庭中，也可以同時出現在無數個家庭中。」夜諾說。

「可假如每個家庭都有一個老王叔叔的話，那這個島上，到底有多少老王叔叔？」程覓雅毛骨悚然：「老王叔叔到底是什麼東西？」

「它應該是一種特殊的穢物，至於這種穢物如何產生的，還需要更多的資訊論證。」夜諾道：「現在我們只需要做一件事，就是一步一步靠近真相，只要摸到真相，老王叔叔，並不是不能解決。」

程覓雅心驚膽戰：「還有一個問題，那些食客既然能看得到老王叔叔的分身……」

「這就證明他們已經被詛咒了。」夜諾說。

程覓雅問：「那麼他們家裡，是不是也有老王叔叔出現？」

「你算算那家餐廳。如果島上所有老王叔叔都不知什麼原因，在每天晚上七點一刻準時出現在那家中餐館中。中餐館一共有三十桌，每一桌四個老王叔叔。那麼這個島上的一百多家，已經被老王叔叔入侵了。至於其他被詛咒的人，老王叔叔去他們的家中，也是早晚的事。」

李家明駭然：「我爸在我們來的時候，曾經提到島上村當初也不過才一百戶人家。歷史上老王叔叔出現最多的時間，就是二十五年前。那年，一共出現三十多個老王叔叔。到底島上村發生什麼事，怎麼可能有一百多隻老王叔叔同時出現？！」

「或許，是這個島上的建築真有問題。」夜諾沉吟一下。

購買這個島的商人，是否有可能知道老王叔叔在這個島上的存在。他開發這座島的目的，是不是有意想要引出老王叔叔的邪惡力量，增加它的數量？

如果這是一個陰謀，那做這樣的事，對那個商人有什麼好處呢？世間沒有無緣無故的陰謀詭計，哪怕是踩你臉的人，也總要先認識你，和你有了羈絆才行，那個商人，絕逼有問題。

夜諾沒再繼續想下去，他準備等李家明老爸的調查結果。總之，購買這個島的商人身上，已經被他重重畫下一個問號。

他們三人一行幾乎是晚上八點過，才到南江民宿。

霓虹招牌在清一色的白蠟燭似的街燈間，顯得很特別。霓虹之下，「南江客棧」四個字，清秀典雅，脫筆而出，彰顯著老闆娘幽幽恬靜的性格，看字，都覺得老闆娘肯定是個美人。

邁過招牌，夜諾在大廳放下行李去登記身分資訊。

程覓雅拉著李家明在大廳的沙發上左看看右看看，大廳裡佈置得很淡雅，顏色也很舒服，沙發旁有一大缸荷花，正在盛放。

好幾枝探出水面的荷花昂起腦袋，粉紅的花瓣在穿堂風中不時搖擺，靜綠的荷葉之下，許多長江中特有的小魚兒游來游去。

女孩子心性就是好奇，程覓雅抓出一小袋餅乾，用餅乾餵魚。

夜諾看櫃檯沒人，就按下了旁邊的呼叫鈴。

「來了。」好聽的聲音，彷彿一串銀鈴響起，穿著淡綠色漢服的老闆娘撈開簾子走出來。

她大約二十歲，及腰長髮披在背上，清澈明亮的瞳孔，彎彎的柳眉，長長的睫毛微微地顫動著，白皙無瑕的皮膚透出淡淡紅粉，那水水的紅唇性感帶著一股媚，鼻子小巧而高挺。

夜諾和李家明頓時眼前一亮。

這老闆娘被點評APP點評過許多次，每一次都收到無數點讚，可實際看上去，比訂房程式上的照片好看多了。

李家明甚至看得有些恍惚，程覓雅哼了一聲，用力一腳踩在他腳上，這傢伙才收起豬哥臉，尷尬的笑笑。

單論相貌，老闆娘不比冰聖女以及轉換人格後的運聖女差。

「老闆，我們住店。」夜諾瞥了女老闆一眼後說。

「呵呵，歡迎光臨。你們是剛來島上村的遊客嗎？」老闆娘隨口問。

「對。」

「我對這裡很熟悉呢，這座島不大，風景也不多。要不要我明兒個幫你們介紹一下風土人情。」老闆娘咿咿笑著。

「不用了。」夜諾搖搖頭：「不過真沒想到，這麼一座普通的島，還住著你這麼一個大美人。」

李家明吃驚的瞪大眼，夜諾這個萬年鋼鐵直男，居然誇別人漂亮，這是天要塌了，還是地球要毀滅了？

「呵呵，您過獎了。」老闆娘用纖纖玉手將三把鑰匙遞過來。

夜諾故意在拿鑰匙的時候，在老闆娘的指尖上碰了碰，老闆娘的臉頓時紅了，一直紅到耳根。

她偷偷收回手，仍舊輕笑，笑靨如花般盛開，彷彿整個昏暗的大廳都明亮起來。

這一次不光李家明吃驚了，就連程覓雅都驚訝，夜諾的性格她接觸了這麼久，也算清楚，他看多漂亮的女生都總是冷冰冰的，現在居然公然在大庭廣眾下吃客棧老闆娘的豆腐，怎麼想，都和他的人設不符合啊。

兩人雖然奇怪，但並沒有多說什麼。

夜諾也對老闆娘笑笑，在美麗的老闆娘的害羞和注視中，帶著另兩人上樓。

他們住的客房一共有三間，李家明和程覓雅雖然互相認為對方是自己靈魂缺失的那一半，可兩人都沒戀愛的經驗，唯一的愛情標準，都還是書上電影裡看來的。

李家明最後還是沒敢和程覓雅住一間房。

三間房連在一起，301，302，303。

當看不到老闆娘人影時，李家明終於忍不住內心的強烈好奇，八卦道：「老三，你是不是看上人家老闆娘了。眼光不錯啊，她估計是我這輩子看過最美的女人。」

「夜諾先生，就算你真的喜歡人家，也別一開始就吃人家的豆腐。追女孩要講究循序漸進，慢慢來。」程覓雅也循循勸著。

夜諾瞪了兩人一眼，瞪得這兩個二貨情侶連連縮脖子。

「你們用哪隻眼睛看到我饞人家了？」

「兩隻眼睛都看到了！」李家明鼓起勇氣說。

夜諾一巴掌拍在他腦袋上，沒再開口。等走到301房前，夜諾將房門打開，一把將兩人拖進去。

看也沒看房間內的佈置，而是迅速的用鐵鏽撒灑了一個圈，捏個手訣，做了一個隱蔽陣。

「這個房間，應該沒啥大問題。」等夜諾三人站在圈內，他這才環顧起客房房間來。

「夜先生……你沒問題吧？」程覓雅感覺夜諾有些離奇的謹慎。

「我倒是沒問題，可我覺得那個老闆娘有問題。」夜諾道。

李家明一怔：「她就是一個普通的弱女子吧，你是不是太多心了。」

「如果是我多心那還好，不過就怕不是！」夜諾說：「你們想想，老二，你在春城當了多少年富二代了？春城人口一千四百多萬，你都說自己從來沒有見到過像這間客棧老闆娘那麼漂亮的女人，你不覺得奇怪嗎？」

程覓雅想了想：「萬一是巧合呢？」

「巧合？」夜諾冷笑一聲：「世間哪有那麼多巧合，所謂巧合，都是有心人在作怪。你們想一下，那麼極品漂亮的女生，真是個弱女子，她為什麼要來這個只有鳥拉屎的島上開店？這個客棧歲月靜好，彷彿真的與世無爭似的，可歲月無爭的背後，其實才最血淋淋。開個小店，人生地不熟，又是個美女。期間被島上流氓痞子欺負，甚至被垂涎她美色的管理人員欺負，這才是常態。可這些常態，在這個美女臉上，一丁點都看不出來。」夜諾下了個結論：「事出反常必有妖，我在碰到她指尖的時候，特意下了一個很隱秘的咒。她真有問題，我第一時間就能知道。」

一席話說得程覓雅和李家明目瞪口呆。

「好了，你們先回房間吧。」夜諾將四張符遞給他們：「這張疊好的符掛在脖子上，任何時候都千萬不要取下來，另一張貼在門後邊，明白？」

兩人乖順的點頭，出門各自回房。

時間不早了，一路又經歷了那麼多心驚膽寒的可怕事情，所有人都感覺疲憊不堪，雖然上島，可仍舊前路迷茫，未知的命運一片黑暗。

夜諾等李家明走後，稍微修煉一下，將開竅珠中的能量轉換了一半多，變為了自己的能量上限。

他的能量上限達到四十九點，只差一個點數，就能成為F4級除穢師。

修煉急不來。

他看一眼客棧房間的冰箱，最後從行李中拿了一罐可樂，喝了一口後，站到窗戶邊上。

江水流淌不休，這座南江客棧的位置，非常不錯。

推開窗戶，就能看到自家種植的奼紫嫣紅的一叢小花，掛在窗戶下邊。由於地勢很高，抬眼望去，滔滔長江水，在黑暗裡滾滾流過。

風景別致，但夜諾不知為何，在那深深江水中，總是感覺有一股極可怕的窺視感。

絕不是錯覺，肯定有什麼，在黑暗中，死死盯著他看。

夜諾想了想，掏出幾張自己製作的除穢符，貼在床頭和窗戶上，這才上床睡覺，折騰了一天，他實在是太累了。

沉睡中，只有蟋蟀在鳴叫，島上那白蠟燭般的街燈，不知何時，突然一明一亮，彷彿呼吸起來似的。

在303號房睡覺的程覓雅，模模糊糊的，聽到有人在敲門。

敲門的聲音剛開始很緩慢，接著就越來越大了，直到將她驚醒。

「誰？」程覓雅揉揉睡眼惺忪的眼，迷迷糊糊的下意識問。

「我。」

門外人的聲音也模模糊糊的，可程覓雅倒是聽清楚了，那聲音，是李家明。

「家明？」程覓雅道。

「雅雅，開一下門，我有事想要和你商量。」李家明說。

程覓雅心裡一動，臉上泛起一絲紅潤。難道是這笨蛋開竅了，想要夜襲自己？她心臟跳得很快，她猶豫一下，還是走下床，朝著房門走去。

嗯，她已經做好了準備，準備從女孩變成女人了。為了這一天，她實在等了太久，太久。

程覓雅一步一步的靠近房門，就在她的手快要接觸到房門冰冷的把手時，陡然，放在床上的電話響起來。

電話鈴聲彷彿催命符，異常的急促。

程覓雅一回頭，赫然看到螢幕上亮著的聯絡人，竟然是李家明的。怪了，明明家明就在自己的門口，為什麼還特意打電話給自己？

程覓雅百思不得其解，一時間就愣在門口。

「雅雅，快開門，走廊挺冷的。」門外，李家明的聲音再次傳來。

這笨蛋，一邊給自己打電話，一邊在門外說話，搞那麼複雜幹嘛，難不成有驚喜給她？程覓雅搖了搖腦袋，她嘻嘻一笑，沒急著開門，反而慢悠悠的走到床邊上拿起電話，接通。

電話一通，李家明的聲音就通過電波傳過來。

「雅雅，千萬別開門。我住在你隔壁，聽到有人敲你的門，可那個人，絕對不是我，我還在我的房間裡。」

一股毛骨悚然的感覺，電擊似的，從腳底猛地竄上來，程覓雅渾身寒毛都豎起來。

門外有個李家明在敲門，隔壁房間還有一個李家明在給自己打電話。

她究竟應該相信誰？

她現在誰都不敢相信。

開門，還是不開門？

「雅雅，你在幹什麼，快開門啊。」李家明聲音越發急促，他彷彿在急什麼。

另一邊，電話裡的李家明也道：「不要開門，千萬不要讓它進來。」

程覓雅快要嚇瘋了，她不知所措了片刻，最後拚命冷靜下來，沉聲對門外的李家明說：「家明，這麼晚了，你到底來找我幹嘛？」

「找你有些事，當面說不清楚。」李家明的回答模模糊糊。

程覓雅的心沉到谷底，這個李家明，或許確實有問題。因為他的回答太模稜兩可了。

「太晚了，明天再說吧，我好睏！」程覓雅裝作打了個哈欠。

誰知門外的李家明更急了：「今晚我就想找你談談，快開門讓我進去。」

「不要！」程覓雅搖頭。

「快開門！」門外的李家明用力推幾下門，門牢牢的反鎖著，門上貼的符隨著門的搖擺而晃動幾下。

看著完好無損的符，程覓雅的心安定了些。

夜諾給她的除穢符，就是現在她唯一的依靠了。

「開門，求求你了，雅雅，快把門打開吧。」李家明越來越急。

程覓雅不為所動，鐵了心不敢開門。

最終李家明的聲音頓了頓，說出一句令她更加毛骨悚然的話：「雅雅，如果你不想讓我進來的話，你就出來吧，到我的房間去。」

「為什麼？」程覓雅愣了愣，這句話沒頭沒尾的，自己都不敢出去了，還去他房間幹嘛，而且門外的李家明，到底是不是真正的李家明，她都不敢肯定咧。

「因為我剛剛睡不著，在陽台看到有一個人影，偷偷溜進了你的房間，它就躲在你的房間裡，你快點出來！」門外的李家明說。

電話裡的李家明也道：「別聽他的，他在撒謊。」

程覓雅整個人都呆住了。

屋裡有人？門外的到底是不是真的李家明？真正的李家明是在隔壁，和自己通電話嗎？

她真的要瘋了！

就在這時，程覓雅聽到電話裡有聲音。那是一種頻率極高的噪音，這種噪音，她曾經在一個科教頻道中看到過。

有個專有名詞，叫做近距離電波噪。只有當打電話的兩個人距離足夠近，才會產生電波噪。

程覓雅額頭上冒出冷汗。

不對，電話裡的李家明，分明不是在隔壁打電話，她渾身發涼，下意識的轉頭，朝後望去。

對面的窗簾掩不住夜色，拉好的窗簾下襬下方，一雙黑乎乎，沒穿鞋的腳就那麼露出來，不仔細看，根本看不清楚。

最可怕的是，那雙暴露在空氣中的腳，沒有挨著地面，離地有幾公分高。

窗簾後邊，藏著人，那個人竟然還飄在空中！

深夜的 303 號房越發詭異，程覓雅渾身都在發抖。

電話對面的李家明沉默了片刻後，話筒中突然發出一串淒厲的大笑：「嘻嘻嘻，小雅雅，你發現我了？嘻嘻嘻嘻，真好玩，我們接著玩遊戲吧！」

「你，你到底是誰！」程覓雅臉色煞白。

「我是你老王叔叔啊，小雅雅，你的爸爸媽媽爺爺奶奶和弟弟想念你得很，一家人就應該團團圓圓的才對，你也希望跟他們團圓，對吧！」背後的窗簾晃盪起來，藏在窗簾背後的穢物似乎想要走出來。

門外，李家明瘋了似的砸門：「雅雅，快逃。」

程覓雅再也顧不上許多，她一把將門上的符扯下，從房中逃出去。門口站著的果然是李家明，他同樣嚇得不輕，本想要拽著程覓雅跑掉，可手剛伸出來，就不知為何又縮了回去。

她沒有注意到他的小動作。

李家明沒有帶程覓雅回自己所在的 302 號房間，反而朝樓梯跑去。

程覓雅一邊跑一邊問：「我們不躲回你的房間？」

「不！」李家明搖頭。

「那我們去哪兒？」

「逃到樓下去。」

「為什麼？」程覓雅不解。

「我的房間裡同樣進了東西，我也是逃出來的。」李家明魂不守舍的說。

「那我們去找夜諾先生，他應該有辦法。」

「夜諾已經被老王叔叔殺死了。」李家明用痛苦的語氣道。

「怎麼可能！」程覓雅驚呆了。

「我親眼看到夜諾被老王叔叔殺掉的，他的屍體，被老王叔叔丟進了長江水中，撲騰幾下，就沉下去。」李家明說著就哭起來。

聽到這話，本來已經跑了一半樓梯的程覓雅，猛然間就停下了腳步，停在半截樓梯上。

「你不是家明！」她臉色慘白。

李家明回頭，愣了愣：「雅雅，你在說啥瞎話。我就是你的家明啊，快逃，老王叔叔就要追上來了。」

樓梯上方的盡頭，傳來了一陣腳步聲，由遠至近，彷彿真的有什麼在追趕。

「不，你絕對不是李家明，家明不會直接叫夜先生的名字。」程覓雅搖頭，一步一步朝後退去，跟前邊的李家明拉開了距離。

那李家明陰森一笑，再轉頭時，衣服和臉都變了，本來雪白的T恤變成黑色，那張熟悉的白色面具，遮住了面孔。

它一串淒厲的慘笑。

「小雅雅，你又猜中了。真好玩，真好玩。」老王叔叔的腳不沾地，伸手一抓，那隻手瞬間跨越了好幾公尺距離，朝程覓雅抓過來。

程覓雅尖叫一聲，陡然，她脖子上的除穢符散發出一絲白光，將老王叔叔的手震退。

「嘻嘻嘻。」老王叔叔不以為意：「一張小小的除穢符，就以為能擋住我。你已經從房間裡出來了，你已經看到我了，你已經和我說話了。小雅雅，你的命就是我的了。」

程覓雅咬緊牙關，什麼叫我的命就是你的了，憑什麼！這穢物，實在是欺人太甚了。

她不停向後退，老王叔叔不斷抓過來，用脖子纏過來，想要將除穢符中的能量耗盡。

拉鋸戰沒有持續多久，最終老王叔叔突然渾身一抖，從它的身體裡，又蹦出一個老王叔叔來。一模一樣的兩個老王叔叔，一前一後，把想要逃掉的程覓雅夾在樓梯中央。

老王叔叔還嫌不夠，不斷分裂。

一個老王叔叔分裂成兩個，兩個變四個，四個變八個。

很快，密密麻麻的戴著白面具穿著黑衣服的老王叔叔，就將樓梯擠滿，水泄不通的把程覓雅堵起來。

無數老王叔叔同時伸手抓向程覓雅，夜諾給她的除穢符撲閃幾下後，徹底黯淡下去。

所有老王叔叔都露出可怕的笑容，程覓雅尖叫了一聲後，被無數老王叔叔淹沒。

當老王叔叔消失時，一併消失的，還有程覓雅。

她所在的位置，哪裡有樓梯，不過仍舊在離 303 室大門，不足一公尺的走廊罷了。

當程覓雅被穢物蒙蔽，扯下門口除穢符，踏出房門的第一步時，命運，已經註定！

同一時間，還在熟睡中的夜諾的床頭，他貼在床頭床尾的除穢符，猛烈的燃燒起來！

「有穢氣！」夜諾頓時驚醒，從床上筆直坐起身體。

一抓，四張燃燒的除穢符上的火焰頓時熄滅，夜諾將快要燃燒殆盡的符紙湊到鼻下聞聞，頓時皺緊眉頭。

緊接著他推開門走出去。

一到走廊，就看到 303 的房門大開著。

夜諾連忙走上前，手裡還捏了一道符。門內空無一人，程覓雅竟然消失不見了，怎麼找也沒有找到。

他大叫一聲不好，又朝 302 號房走去。

李家明的房間倒是大門緊閉，可是夜諾用力敲門，卻沒有人應答。他在門上一踢，門品質極好，竟然只是震動一下後，沒被踢開。

夜諾皺皺眉頭。

這扇門，有古怪。

自己被暗能量改造過，一腳踢出去，至少也是三個成年人的力道。這力道怎麼連一扇普普通通的門也踢不開？

他想了想後，沒有貿然再破壞門，反而找了一瓶礦泉水，將水潑在門上，再捏個手訣。

「穿影術！」夜諾使用了穿影術。這是一種基本除穢術，能夠將低密度物質後邊的景象投影出來。

以他現在的低微實力，穿影術大約只能穿透三十公分厚的物質，對付眼前的門，是足夠了。

穿影術很成功，被潑過水的門變得透明起來。屋裡的景象一覽無餘。

夜諾看著水中投影出的情況，頓時倒吸一口氣。

只見他的好兄弟李家明，竟然早已經醒了，他不知從哪裡找了一根繩子，掛在吊燈上。這傢伙正踩著凳子，努力將脖子朝繩結中套。

而他的身後，站著一個黑乎乎的影子，那影子趴在李家明的背後，不斷的和他低聲說話。

夜諾毛骨悚然，就在這時，那影子彷彿感覺到夜諾的窺視，轉過頭來，咧嘴陰森笑了！

10 老闆娘

夜諾嚇得不輕，但是這道門不知怎麼回事，無論如何都打不破。

這就有點麻煩了。

門內，李家明迷迷糊糊的，他感覺自己還在睡覺，但老是睡不醒。夢中，程覓雅就站在自己的背後，淺笑嘻嘻，在自己耳畔一直嘀咕著什麼。

他在和她玩遊戲，程覓雅要和他盪鞦韆，所以他找來一根繩子，將鞦韆牢牢的固定住。

但是玩鞦韆的方法，卻讓李家明有點意外，竟然不是用屁股，而是用腦袋。要把腦袋放在鞦韆上盪。

雖然有點意外，可程覓雅的溫言細語打消了李家明的疑惑。

於是他就努力將脖子套在鞦韆上，可這鞦韆盪來盪去，脖子老是放不好。

而門外的夜諾，已經快急死了。他想來想去，最後拿出一張黃紙，咬破手指在紙上畫了幾個長長的符號。

手一捏，鮮血淋漓的符紙頓時燃燒起來。

燃燒成灰燼的符紙被夜諾捏在手心，對著這堆紙灰說了一句話後，然後輕輕一吹，將紙灰全吹入了水光粼粼的投影中。

紙灰神奇的進入了投影，飄到李家明身旁，灑了他一身。

李家明渾身一抖，本來還在繼續努力將腦袋套在鞦韆上的他，突然聽到一陣驚雷般的聲音：「罵髒話，快！」

那是老三夜諾的聲音，怎麼變得這麼響亮，和每年大年初一晚上去祭拜的寺廟中的洪鐘聲差不多。

太吵了！

但也正是這個聲音，讓迷迷糊糊的李家明清醒了些許。

他下意識的按照夜諾的吩咐，開始大罵起來，什麼話骯髒罵什麼，啥不好聽罵啥，污言穢語叫喚個不停。

李家明甚至有些得意，自己罵髒話都能出口成章變成詩，咱果然是個文化人。

髒話出口，他就徹底醒了，醒過來之後一背的冷汗。

眼前哪有什麼鞦韆，只見自己的脖子，套在一根繩子上，如果沒清醒，下一秒他就有可能踢倒腳下的凳子，上吊慘死。

你奶奶的娘家仙人板板，剛剛明明自己還在和程覓雅玩鞦韆，現在怎麼自己的腦袋險些獨自盪鞦韆了。

程覓雅呢？

耳畔隱約還有伊人的柔柔言語聲，李家明連忙回頭。

這一看之下，他又是幾句髒話罵出。

身後確實站著一個人，那個人親切的幾乎要趴在自己的背上，嘴湊到自己的耳邊，仍舊在溫柔的說話。

可那人，絕不是自己的未來媳婦程覓雅。

那個人穿著黑衣服，戴著森白的面具。一個穢物跟一個人，對視在一起。時間彷彿都凝固了。

李家明尖叫一聲。

老王叔叔咧嘴笑著：「小明明，你醒來得真早。本來還以為你會多跟我玩玩。」

「玩你妹！」李家明連滾帶爬的想要拉開距離。

老王叔叔一探手，就朝李家明的脖子摸過去，他的脖子上閃過一道白光，險之又險的將老王叔叔的爪子彈開。

除穢符起了效果。

李家明一清醒後，夜諾察覺到門上的力量也隨之消散了。頓時一腳踢過去，302的房門應聲開啟，他連忙衝進去。

左手一把銅錢撒出，右手捏手訣。

衝到一半的時候，沒想到老王叔叔並沒有跟夜諾硬拚，反而又陰森的笑一下，就這麼陡然消失。

留下夜諾和李家明兩個人大眼瞪小眼。

「好險好險，剛剛差點就死翹翹了。」李家明僥倖的說。

夜諾看看門背後，瞪了他一眼：「我吩咐你把除穢符貼在門背後，你怎麼沒有貼？」

李家明「啊」了一聲，抱歉道：「昨天太累了，洗個澡就全忘了。」

「幸好你沒什麼事。」夜諾猶豫一下，又道：「你看見覓雅沒有？」

「剛剛在我夢裡看到過。」李家明臉一紅：「事先聲明，不是春夢哈。」

夜諾一腳踢過去：「你和你媳婦做啥夢，我不想知道，但是，程覓雅可能失蹤了！」

聽到這句話，李家明整個人都慌了：「失蹤了，失蹤了是幾個意思？」

「你跟我去看看就知道了。」夜諾搖搖腦袋。

他們檢查了程覓雅的房間。

「貼在門背後的除穢符，被扯下來。」夜諾從 303 號房的門下方，發現了昨晚他給程覓雅的除穢符。

這張黃色的符有些發黑。

「有穢物迷惑了她。」夜諾聞了聞符，斷定道。

「難道雅雅被老王叔叔抓走了？」李家明急道。

「有可能。」

夜諾掏出紙，畫了一張符：「強嗅符。」

一手將符紙捏碎，拍在鼻子上。他的嗅覺頓時增加了無數倍，能夠嗅到暗物質穢物的殘存氣息。

這老王叔叔怪得很，他的能量殘餘，很難用眼睛看到。但是用聞的話，反而能起效果。

夜諾沒在 303 號房內聞到穢氣。他從房門處開始找，鼻子嗅來嗅去，彷彿像狗似的。最後，他站在離房門不足兩公尺遠的走廊上。

「程覓雅就是在這裡消失的。」夜諾道。

這地方毫無特殊之處，可程覓雅就如同人間蒸發了似的，消失得無影無蹤。這很古怪！

李家明又焦急又擔心，一屁股癱倒在地，他救命稻草般死死拽住夜諾：「老三，我該怎麼辦，雅雅不會死了吧？」

「如果老王叔叔真要她死，那就殺了她便好，沒必要浪費力量讓她神隱。」夜諾淡淡道：「反而你更加危險。」

一聽程覓雅還沒死，李家明稍微鬆口氣：「為什麼我更危險？」

「因為老王叔叔剛剛蠱惑你自殺，這證明它不知為何想要你死。」夜諾說。

李家明一陣毛骨悚然。

可卻不知，夜諾還有一句話沒有說出口。那就是原本被他牢牢封印在手上的老王叔叔的森白面具，只經過了一晚上，竟然已經突破封印，爬到李家明的半邊臉上。眼看就要戴在李家明的整張臉了。

這不是好兆頭，情況糟糕極了！

夜諾手訣一捏，施展封印拍在李家明臉上，再次將那個面具封印住，但這個解決方案，並不穩妥，只不過是權宜之計而已。

夜諾暗自歎了口氣，他越來越不能理解老王叔叔到底是怎樣的存在。哪怕是來到老王叔叔發源的島上村，謎團，反而更加多，更加亂。理不清，理越亂。

兩個人站在走廊上各想各的，突然，李家明的手機鈴催命般的急促響起來。

李家明愣一下後將電話接通，剛聽了沒多久，他的臉色就煞白了。

行屍走肉似的掛斷電話，看著夜諾詢問的眼神，他幾乎要哭出來：「老三，我爸，要，要不行了！」

「怎麼可能。我前天才看了你爸的面相，他不像是病人，命還長著呢。」夜諾道。

李家明搖搖頭：「不是他身體出問題，而是老王叔叔，老王叔叔，來到我家。老爸要我趕緊逃，逃到國外去避一避。」

「就算你逃到太空站上也躲不了。」夜諾歎了口氣。

沒想到，這一天終究還是來了。前天看到李強臉上的黑氣，他就知道，老王叔叔的詛咒，已經蔓延到李家。

可為什麼，所有從島上村逃出去的村民們，明明已經躲過了二十多年，卻偏偏在今年詛咒突然爆發呢？

這是意外，還是……

突然，夜諾像是想到什麼：「回房間吧，站在這裡也沒事情做。等到明天太陽升起來了，我們再去尋找線索。」

李家明不敢自己睡，死乞活賴的跟夜諾到 301 號房。

夜諾一直在用電腦查資料，李家明擔心未來媳婦，擔心老爸，擔心自己身上的詛咒，他需要擔心的事情實在太多太多了，根本睡不著。

兩人好不容易，才熬到太陽升起來。

當陽光射在南江客棧的牆上，窗外的長江水被朝陽染紅，如同塗了一層血色的時候。夜諾帶著李家明走出房間，來到一樓的客廳。

時間，不過才早晨六點半而已。

一樓有餐廳，漂亮的老闆娘早就在餐廳裡忙開了。她穿著淡綠色的唐裝，綠羅輕紗包裹著曼妙的身材，盈盈一握的腰肢將胸口襯得更加偉大，光看那麼一眼，都感覺眼前一亮。

「兩位客人，這麼早就起來了？這裡有一些簡餐，如果有特殊需求的話，人家可以幫你們做哦。」老闆娘輕輕一笑，看著兩人的臉：「咦，兩位客人的臉色怎麼不太好，難道昨晚沒睡舒服？」

美人提問，哪怕心情糟糕透頂的李家明也給了面子，焉噠噠的回答：「昨晚沒睡著。」

「新環境睡不好也正常。」老闆娘又朝他們身後望一眼：「奇怪了，你們的那位女性朋友呢？現在還沒起床？」

「她……」李家明剛想回答她離奇失蹤了。

夜諾一巴掌拍在他後腦勺上，搶答：「女孩子都喜歡睡美容覺，估計她十一點過才會起來。」

「嘻嘻，能睡懶覺的女孩，才有福氣。」老闆娘用長袖捂著嘴笑了笑：「來，吃飯吧。整個客棧只有你們三位客人，我只準備了三份。」

夜諾瞥一眼餐廳裡的包子稀飯饅頭豆漿，淡淡道：「我想吃麵，老闆娘，給我煮一碗炸醬麵。」

「好咧。」老闆娘挽起袖子，露出青蔥般纖細的手腕，開始煮麵。

不多時，一股香氣從鍋裡飄忽出來。李家明聞了一口，肚子裡的饞蟲立刻響個不停。他突然就感覺自己餓了，餓得要死，就算面前有一隻牛他都能吃乾淨。

「好餓。」李家明夾了一大盤包子和饅頭，將盤子堆成小山，豆漿也舀了一大碗。

正準備吃的時候，夜諾一把按住了他的筷子。

李家明愕然的抬頭，只見夜諾朝自己輕輕的搖搖腦袋，他看著香噴噴的食物，喉嚨不停的嚥口水。

「為什麼不能吃？」李家明用嘴型問。

夜諾瞪了他一眼，沒開腔。

李家明感覺自己快要餓死了，整個一個餓死鬼被吊在香噴噴的食物面前，還只准看不准吃，這不是酷刑還能是什麼？

可夜諾的表情很嚴肅，他陰沉著臉，似乎在想啥不得了的東西。

「炸醬麵來嘍。」隨著老闆娘歡快的語氣，一碗熱氣騰騰的炸醬麵被端出來。

「趁熱吃。」老闆娘對夜諾說。

夜諾微微一笑：「很香。」

「對啊，這裡邊的炸醬是人家用了長江水中特有的小魚小蝦秘製而成的，吃過的都說好。」

夜諾的笑，突然變成冷笑：「或許，裡邊不只小魚小蝦吧。」

「嘻嘻。」老闆娘竊竊笑著：「這都被客人您看出來了，還有別的肉類喔。」

「這肉香，不簡單啊。」夜諾的笑更加冷了，他探手，閃電般一把抓住老闆娘的手腕：「說，你到底是誰？你在這個島上，有什麼目的？」

「好痛！」老闆娘吃痛，驚慌失措的喊道：「客人，你這是想要幹什麼？」

「我不幹什麼，我只是想知道，你到底想給我們吃什麼。」夜諾不斷的冷笑：「昨晚，是不是你將穢物引入客棧，把程覓雅抓走了？而且還想殺了我和我兄弟。」

老闆娘的小模樣又痛又迷茫：「客人，我不知道你在說什麼，你再這樣我就要報警了！」

李家明慌忙道：「老三，你抓住人家老闆娘做啥。」

「哼，你自己看看她到底在給我們吃什麼！」夜諾用空著的一隻手捏手訣，點在李家明的額頭上：「開天光。」

一道白光從額頭湧入李家明的雙眼，李家明看了滿桌子的食物一眼，嚇得屁滾尿流的連忙後退，乾嘔不止。

你奶奶的，桌子上的豆漿油條和饅頭包子，全都變了模樣。

黑乎乎的包子裡，夾著人的手指。饅頭是用人皮混合泥土而成。而油條，那哪裡是油條，分明是男性的重要部位。

至於豆漿，是血，殷紅發臭的血。

甚至夜諾面前的那碗炸醬麵，也變成滿碗凌亂骯髒的髮絲和發臭膿水的混合物。

「這是怎麼回事！」李家明嘔了好幾下，胃酸都快嘔出來。

夜諾道：「你想知道原因，那就要好好問問眼前的老闆娘了。」

老闆娘眼中劃過一絲異色，驚慌失措的表情完全消失了，仍舊吟吟淺笑著：「我就知道你是一個除穢師。」

夜諾道：「你跟老王叔叔那穢物之間到底有什麼關係？你明明是人。」

「人類，何嘗又不是另一種穢物。只是我們喜歡將自己稱呼得好聽一些，找一個冠冕堂皇的理由和行為，指定冠冕堂皇的規則，來掩飾自己的罪惡罷了。」老闆娘笑著，沒怎麼用力一掙扎，就從夜諾的手掌心中掙脫出去。

夜諾有些駭然，他用遺物看破，也沒看出老闆娘的底細，資料顯示，她不過是一介普通人罷了。

可普通人怎麼可能有那麼大的力氣。

「人類如何不用你來說教。做自己的事，幹自己的活，走自己的路。只要自己行得端，做得正就好。」夜諾總覺得這個跟自己差不多大的女孩，有種謎之憤世嫉俗。

不應該啊，沒感覺這她有那麼大的戾氣。她言語間咋就對人類那麼痛恨呢？

「嘻嘻，客人你倒是很瀟脫。可惜了，可惜了。」老闆娘輕聲說了幾句可惜，依然輕輕一掌，朝著夜諾的額頭印上去。

這一掌看似柔弱，夜諾卻駭然發現，自己竟然躲無可躲。

「昨晚你們僥倖活下來，不過沒關係，現在死也不晚，你們就永遠留在這裡吧！」老闆娘的巴掌，纖細無骨，白皙細密。

這一巴掌險些要了夜諾的命！

夜諾面不改色，嘴裡吐出一個字：「爆！」

老闆娘的臉上露出一絲詫異，緊接著她的手指尖上猛地綻放出火焰，火光一閃，那火焰就爬著老闆娘的衣服往手臂上燒。

「這是什麼術法？」老闆娘驚奇道：「我知道了，你昨晚接觸我指尖的時候已經在我身上下了咒？有趣的客人，竟然能瞞過我。」

她手一抹，就將手臂上的火抹掉了。

但夜諾已經趁機扯著李家明逃過去，他飛快跑著，李家明被他拽得快要飛起來。

老闆娘笑容不改，身體輕飄飄的往前一蕩，竟然以驚人的速度堵在客棧的大門口：「客人，你們逃不掉的。」

夜諾也知道逃不掉，他乾脆也不逃了：「你為什麼要殺我們？」

「因為你們是一個變數，我不允許在這座島上有變數存在。」老闆娘輕聲道，好聽的聲音婉轉如百靈，又如一串清脆的風鈴。

可字字卻是深入骨髓的死意。

「這老王叔叔是你搞的鬼？還有將島上的建築物修建成古怪的除穢術法陣，也是你的手筆？」夜諾問。

老闆娘的眼睛彎成明亮的月牙：「嘻嘻，就不告訴你。」

夜諾暗罵一聲，自己想要套話的想法竟然被識破了，既然識破了，就開打唄。

他一揚手，就是一串銅錢。

「嘻嘻，這掌中飛的技巧，很復古哦。」老闆娘翻開手腕，雙手化為飛影，竟然將夜諾的掌中飛全部接住了。

「該輪到我了！」老闆娘嬌喝一聲，甩出一道紅光。

那紅光鋒利無比，所過之處彷彿空氣都燃燒出潰爛的氣息。那是空氣中的粒子在高速氧化燃燒。

可那紅光，偏偏又不像是火焰。

「這是血敗術。」夜諾皺皺眉頭。

博物館的手札和典籍中，有關於血敗術的記載。血敗術屬於血術中的一種，施展此法術的人，不知道手下有多少亡魂，這種除穢術異常殘忍血腥暴力邪惡，可以說，學習血術的，全是人格偏激的瘋子。

因為每一道血術中的紅光，都是用慘死者的鮮血煉成的。

不過，血敗術是血術的基礎攻擊方式，不難破解。甚至夜諾的腦海裡，存放著完整的血術功法體系。

夜諾準備教教眼前的老闆娘，怎麼好好的重新做人，年紀輕輕的便不學好，這可不行！

說時遲那時快，夜諾舉起指頭，迎風一點。手指間的暗能量正好點在血敗術紅色的劍體右側三寸的位置。

白光過處，洶湧澎拜的血敗術竟然消失得無影無蹤。

本來淡然，感覺殺死夜諾十拿九穩的老闆娘，瞪大了好看的眼，一臉不可思議，難以置信：「怎麼可能，你怎麼會破解血敗術！」

夜諾不哼聲，只是淡淡道：「你一個漂漂亮亮的小美女，什麼不學卻學啥血術。這種邪惡功法，會讓你越變越醜，心理越來越扭曲噢。」

老闆娘的眼神一凝，終於徹底收斂起了笑：「你果然知道血術。這世上，知道血術的除穢師不多了。」

「你到底是誰？你從哪裡知道血術的？你的除穢術有些古老，而且也有些奇怪。你的師傅是誰？」老闆娘一連串的問。

夜諾聳聳肩，沒回答。廢話，他的除穢術來源於博物館，自己也沒啥師傅，還回答個屁？

而且最主要的是，夜諾感覺自己並非沒有勝算。眼前的老闆娘雖然實力強悍，強悍到連看破都看不破，他估計這妮子大約比冰聖女更厲害些，但是實力低於轉換形態的運聖女。

正常情況下，他絕對打不贏。

可是這妮子有個問題，她的實力彷彿被某種原因封印住了。夜諾猜，需要她自我封印實力的原因，很有可能和島上的除穢陣有關，她需要用大量的能量，來維持除穢陣法的運轉。

這一點的蛛絲馬跡，從老闆娘施展血術的威力，就能看出如果她真的恢復了A級除穢師實力，那光是一招基礎的血敗術，那血也是鋪天蓋地，蒸騰萬物。

他哪有可能破得了！

現在的老闆娘，大約也不過是C級除穢師實力，他能贏！

「你倒是說話啊，不說？沒關係，人家把你抓起來，客人你就知道什麼叫生不如死了。嘻嘻，人家的手段可高明了，高明到你連小時候的童年陰影，也不敢保留咧。」老闆娘又笑起來。

她可真喜歡笑。

「一個小小的F3級除穢師而已，哪怕再古怪，人家也沒看在眼裡呢。」老闆娘倩影依依，笑得清純無比。

但接下來一個閃身，就已經閃到夜諾身旁。

夜諾當然不可能和她肉搏，就算要肉搏，他寧願和她換一種方式肉搏，例如島國動作電影裡的那種肉搏，他有可能贏。

但是真正的肉搏，他贏得了才怪。這妮子如果真是A級除穢師，那身體素質絕對遠遠高於自己。

夜諾扯開距離，估算著體內的暗能量，手裡丟出無數刁鑽刻薄的攻擊，什麼除穢術噁心就施展什麼，對方啥地方敏感，他就朝哪裡打。

老闆娘被他攻擊得眼花繚亂，氣得銀牙緊咬。

她從來沒有見過這麼厚顏無恥的傢伙，而且施展的除穢術非常小眾，許多她甚至都認不出來。這小子，到底哪裡學來的這麼多古怪的術法？

哪怕實力受到封鎖，可老闆娘畢竟是A級除穢師，夜諾的除穢術打在她身上不痛不癢的，就是有些噁心。

「血咒！」終於，老闆娘被噁心得受不了了，找了個夜諾攻擊的空檔，手一彈，施展出血咒。

血咒彷彿煙霧飄散，看似緩慢，實則極快的朝夜諾籠罩而去，那一層霧濛濛的血霧，根本難以抵擋。

夜諾絲毫不懼，他又是伸手一點，血霧頓時消散於無形，彷彿從來沒有出現過。

老闆娘氣得一跺腳：「氣死人家了，居然連我的血霧術都能破解。」

你來我往，夜諾趁著老闆娘跺腳的工夫，再次強攻，他體內的暗能量很快就消耗殆盡，便開始消耗起開竅珠中的能量。

「血天崩。」老闆娘微微向後一退，淡綠的衣袖迎風飛舞，曼妙的身姿輕輕一動。說時遲那時快，空氣中無數水分子化為了血色，血色的利劍密密麻麻，懸浮在空中。

「這招，人家看你怎麼破！」老闆娘哼了一聲，心想夜諾雖能破她的血術，可畢竟他實力低微。

血天崩是用血水凝結成的一百零八道血箭，箭箭致命，而且相對獨立，雖然每一擊的能量分散了，可對弱小的夜諾而言，偏偏根本無法可解。

只要中一箭，就能要他的命。

夜諾嘴角卻浮現出笑容：「晚了！」

「晚了，什麼晚了？」老闆娘沒明白。

「咒法成！」夜諾撇撇嘴：「定身咒！」

「定身……」老闆娘的腦海裡浮現出定身咒的知識點，可定身咒非常古老，據說已經失傳了，這小子怎麼可能會用，該不是唬我吧？

還沒想明白，老闆娘愕然發現，自己竟然真的動不了了。

定身咒，成！

漂亮的老闆娘孤獨的站立在廚房中，一動不動的曼妙身姿縈繞著一百多支血箭，沒辦法驅使血箭，她哪怕一根手指頭也動不了，直到現在，她也搞不清楚，自己到底是怎麼中招的。

傳說中的定身咒，怎麼會從她完全沒有放在眼裡的，一個小小的 F3 級除穢師手中施展出來。

更何況，她和他的實力差距那麼大，就算是定身咒僥倖施展成功，也不該定得住自己才對。

老闆娘又驚又怕，百思不得其解。

「不明白吧。」夜諾嘻然一笑：「那我就解釋給你聽，我一共攻擊了你一百七十八下，其中有效攻擊一百一十九次。那些攻擊你明明能夠躲開，可是你太自大了，自大要人命，我的除穢術確實威力很小，可那些術法都只是掩飾而已，夾雜在後邊的，全都是定身咒。我在你身上施展了一百一十九次定身咒，怕的就是實力差距太大，定身咒無法起效果。不過看起來效果不錯，一百一十九道定身咒同時施展，確實能將A級除穢師活活定住。」

老闆娘一口氣沒順過來：「你倒是謹慎，居然在我身上下了一百一十九道定身術，太高看我了，我估計四十道都扛不住。」

「我這哪裡叫謹慎，不過是在排除變數罷了。」夜諾道。

老闆娘冷哼了一聲：「你好心好意跟我解釋這麼多，估計也沒啥好心思。」

夜諾露出被看穿了的臉：「被你猜中了，剛剛手滑一下，只激發了六十八道定身術，還有幾十道沒有激發，不過無所謂了，趁和你解釋的工夫，已經全部激發了。」

老闆娘險些噴出一口老血：「臭小子，你還能再謹慎一些嗎。」

她心裡苦啊，如果不是好奇，沒有聽夜諾解釋那麼十多秒，其實用盡力氣，還是能從幾十道定身咒中掙扎出來的，可惜，現在暫時沒機會了。

「好了，接下來，該進行下一步了。」夜諾朝前走幾步，向美麗的老闆娘靠近。

老闆娘背後發涼，驚恐萬分的喊道：「你想要幹什麼，停下，再過來我就要叫了。」

從小她就是天之驕子，不過二十而已就已經是A級除穢師了，順風順水，享盡萬千寵愛的她，生平第一次這麼恐懼。

更是打死她也想不到，這份恐懼居然來源於一個F3級，對她而言如同螞蟻般，隨手一捏就會死的小小除穢師。

「我要完成一個約定。」夜諾淡淡道。

他走過那無數血箭，沒有人控制的血箭被他手指一點，紛紛落在地上，化為了一灘灘血水，骯髒了地面。

「你到底想要幹啥，就算是折磨我、凌辱我，我也絕對不會告訴你的。」老闆娘整個人都繃緊了。

可惜，她渾身的肌肉，都被定身咒凝固住。退無可退，逃無可逃。她恨死夜諾了。

夜諾來到她身旁，老闆娘絕望的想要閉上眼睛。但是接下來的一幕，不光驚呆了她，也將一旁龜縮著的李家明搞糊塗了。

只見夜諾從不遠處抄來一把椅子，將老闆娘抱起來，放在膝蓋上。

老闆娘的翹臀高高揚起，夜諾的手也揚起來。

之後就用力打在她的屁股上。

啪！

掌掌到肉，偌大的空間，傳來了啪啪啪的羞恥聲音。

老闆娘被打得哇哇大叫，屁股打得雖然明明不痛，但羞辱感、恥辱感，讓老闆娘咬緊牙關。憤怒、痛恨、難受、慌張、手足無措，甚至還有一種異樣的說不清道不明的感覺，在內心深處滋生。

這或許是天之驕子這輩子最恥辱的一刻。

「老三，你在幹啥。難不成你有這種奇怪癖好？」李家明瞪大眼，猶豫幾下才問。

「什麼癖好？」夜諾抬頭瞪他。

「就是，就是打美女的屁股啊。」

「哼，我只不過是想要完成一個約定而已。」夜諾在心裡說，卻沒有多解釋。

第二扇門中記載著關於血術的完整功法，這個功法，應該是博物館的某個前輩創造的，雖然威力巨大，修煉速度極快，但由於太歹毒太反人類，所以功法被前輩廢棄了。

前輩不希望博物館的後續管理員學習，也說，自己這輩子最後悔的事，就是讓一部分血術流傳至人間。前輩在手札裡提及，後輩們如果遇到修習過血術的除穢師，記得打他們的屁股，教他們重新做人。

嗯，或許這只是一句玩笑話。

但作為性格有點二逼，但是內心卻無比認真堅定的夜諾而言。這就是一個約定，所以遇到會血術的老闆娘，屁股，是一定要吃筍子炒肉的。

這就可憐了老闆娘的屁股了。

可老闆娘的身體素質，畢竟遠遠高於夜諾，夜諾手都打痛了，老闆娘也叫累了，她眼中有火，有屈辱，有憤怒，有恨意。

「臭小子，這個屈辱，只要人家還剩下一口氣，就會千萬倍奉還。」老闆娘憤憤道。

夜諾悶悶的說：「看來確實沒有把你打痛。」

說著，手上蒙了一層暗能量，啪啪啪的繼續打起來，挺翹的屁股被打得響聲不斷，那變態的美感，讓李家明偷偷的嚥了口唾沫。

這兩個變態。

一個打得高興，一個看起來雖然恨，但是卻媚意十足的……

切，這兩個變態。

11 詭霧

足足打了十分鐘屁股，夜諾才意猶未盡的結束懲罰。

老闆娘已經叫啞了嗓子，什麼聲音都發不出來了，只知道哭，那悲切的哭聲，聽得李家明都感覺不忍心。

雖然明知道這小娘們剛剛還準備殺了自己。

夜諾仍舊一臉淡然，彷彿打人家屁股的完全不是自己般，這鋼鐵直男的人設屬性，李家明突然謎之羨慕。

隨手將趴在腿上哭個不停的老闆娘扔在地上，夜諾瞇了瞇眼，他在考慮怎麼處理老闆娘。

這妮子跟自己差不多年紀，實力卻比自己強很多，一旦恢復過來，他不一定還能僥倖搞得定。

可眼前的女孩，分明就是這次老王叔叔的詛咒爆發的根源所在，雖不清楚她的來歷，甚至她的目的。

不過想要解開詛咒，完成第三扇門的任務，最終還是需要從她身上入手。

夜諾看過了博物館中兩扇門內的幾千本書，腦子裡記載著數萬種除穢術，偏偏沒有一本能在這個時候堪大用。

畢竟，兩人之間的實力差距實在是太懸殊了，除非殺了她，想要長時間封印她的實力，夜諾暫時做不到。

但想殺她，也不是那麼容易。以夜諾現在的力氣，打屁股能把她打痛，就是極限了。

就在夜諾思考的時候，漂亮老闆娘烏黑發亮的大眼睛骨碌的轉一下，她明明眼中含有淚光，眸子裡卻閃出一絲狠意。

「老娘跟你拚了！」老闆娘在心裡猶豫片刻後，最終暗叫一聲，一咬牙，不知道咬碎了嘴巴裡什麼東西，只聽到一陣清脆的破碎響，一股風，就從她身體裡吹出來。

風很大，彷彿暴躁的龍捲，帶著強烈的血腥味，活活將夜諾吹開。

「糟糕！不好！」夜諾冷汗頓時冒出來。

他高估了自己的封印術，沒想到老闆娘解除封印術的速度有那麼快，她似乎不光解開了幾十道定身咒，令自己的口腔肌肉稍微能活動了。

最可怕的是，她似乎還解開了島上村的陣法，將維持陣法的力量，通通收了回來。現在的她實力恢復，下一步，就是他和李家明的死期了。

夜諾拽著李家明又準備雙腳開溜，後悔沒有用，溜才是正道。

可是他們哪逃得掉，老闆娘從地上彈跳而起，A級除穢師的力量宣洩而出，狂暴的血風刮起一陣瘋狂的亂流，夜諾還沒跑多遠，就被亂流捲回來。

漂亮老闆娘的長髮飄散，精緻的五官、白皙的臉龐，都流露出絲絲想要報仇的怨念：「對人家做了那種事，你還以為你逃得掉，給我回來！」

以老闆娘為中心點，無數龐大的暗能量洶湧澎湃，結成一組牆壁。在這組牆壁當中，無路可逃。

那是一道血牆。

「破！」夜諾手指一點，破開面前的血牆。

可令人絕望的是，血牆後是更加厚重結實的血牆，夜諾倒是能破解，可破解也需要能量，誰知道這道道血牆，到底有多少層。

這妮子什麼不好學，倒是學會自己的謹慎了。

夜諾臉色有些發白，他撓撓頭。

「老三……」李家明帶著哭腔的喊：「這次我們是真的完蛋了。」

「說什麼鬼話，只要還沒死，就能翻盤。」夜諾道。

「可這娘們看起來你完全對付不了啊。你看你打人家屁股倒是很爽，現在人家可絕對不會僅僅打一打我們的屁股就算完事了！」

夜諾沒再理他。

老闆娘一步一步逼近，她揉著自己雪白的小手，渾身縈繞的憤怒，猶如煞星降臨。

「你，打我屁股！讓我一輩子都忘不了的恥辱，我現在通通還你。」

老闆娘眼中帶光，手一招，血色的風就帶著夜諾往自己身旁拉。

夜諾捏個手訣，右手抓了一道符，眼看要接近老闆娘時，迅速雙手拍上去。

「哼。」老闆娘冷哼一聲，她吃過夜諾的虧，早就防著他了。

身體一閃，老闆娘的手彷彿一把穿雲箭，筆直的抓住夜諾的手腕。

夜諾向她下盤踢去，可腳尖的白色除穢氣，一接觸到老闆娘周身縈繞的紅色血氣，就消失得乾乾淨淨。

老闆娘很氣，她氣得噴火。但是最令她氣惱的是，哪怕手已經被自己抓住了，夜諾也絲毫不慌張、不害怕，還是那副犯賤的胸有成竹。

這小子分明不是不怕死，難不成他還有後招？

老闆娘雖然恢復了A級實力，但她實在是被夜諾弄怕了，為免夜長夢多，趕緊殺了這怪傢伙。

老闆娘纖細的手彷彿鋼鉗，更加用力鉗住夜諾的手，死都不放開。

左手一張，出手就是最可怕的攻擊手段。

「人間潰爛。」她的這招使出來，周圍的血光頓時大炙，就連身上清綠色的衣裙，彷彿都變成紅。

餐廳，變成紅色血腥地獄。

夜諾突然輕鬆笑了：「我就知道，你想要殺我的話，就會使用這一招人間潰爛！」

「什麼意思？」老闆娘一愣，接著冷笑道：「你又想唬我，去死！」

她的手掌厚厚一層血光濃得化不開，只要是物質，只要接觸到她手掌上的紅，就會瞬間潰爛。

人間沒有任何東西能夠治癒逆反這種潰爛。它比詛咒更加可怕，它比酷刑更加恐怖，被人間潰爛擊中，那個人會眼巴巴的看著自己的細胞，一層一層的從體表潰爛到內臟，慘不忍睹。

可夜諾仍舊沒有任何害怕的表情。

老闆娘不知為何，突然湧上一絲不祥的感覺。

還沒等血光手掌接觸到夜諾的臉，她連忙將血術收回，可人間潰爛這種術法，雖然看起來平凡無奇，實則威力巨大，哪裡那麼容易收得住。

老闆娘臉色一白，一口血噴出去。

「你在我身體裡種什麼？」她朝後邊飛退，下意識的跟夜諾扯開了距離。

「我沒對你做啥。」夜諾揉揉被她捏痛的手：「只是在打你屁股的時候，順手在你體內刺入了些許能量。這些能量很微弱，但是卻有特定的功效，一旦你施展人間潰爛，那些能量就會變成無數根刺，刺入你的丹田。」

正常的A級除穢師何其強大，夜諾耗盡了所有的能量，才化為了三根能量刺，借著她因恥辱亂了心神的時候，悄無聲息刺入她的經脈中。

這三根刺無論如何都不可能覆蓋得了正常人類身體中的幾十萬條經脈，他只能賭，通過對血術的理解，他猜老闆娘肯定懼怕自己。

人一旦有了懼怕之心，就會以最不理智的方法，用最大的代價，去征服自己的懼怕。

夜諾賭老闆娘一定會不在乎代價的恢復實力，掙脫定身咒。他賭老闆娘肯定會想殺自己。他賭老闆娘殺自己的時候，一定會用人間崩潰，令自己生不如死。

老闆娘賭輸了。

「你又輸了。」夜諾淡淡笑著。

老闆娘美麗的臉孔變得慘白，她已經發現了自己體內混亂的能量和丹田中刺入的三根能量刺。

她一再被夜諾羞辱，那份恥辱本以為會在自己不顧一切的恢復實力，用最殘忍的手段殺死夜諾後煙消雲散。

可自己為什麼又輸了呢？

明明對方只是一個弱小的 F3 級除穢師而已！

可恨！

「這份恨意，我會永遠記住。夜諾，千萬不要讓人家再碰到你，到時候我會把你千刀萬剮解恨。」老闆娘咬牙切齒。

「屁話那麼多。」機會難得，夜諾哪容得她逃掉。他將開竅珠中的能量引入體內，身形一閃，朝老闆娘抓過去。

就在此時，老闆娘的身影卻是一陣模糊，化為一灘血霧漸漸消失。

「血遁！」夜諾無語了。

這娘們拚著丹田凌亂，實力大減的代價強行施展血遁術，一不小心，哪怕是A級除穢師，也是會要命的。

夜諾在手裡蒙了一層暗能量，右手抓出，想要破解這血遁術。

破解的力量可惜不太夠，手過處，只有老闆娘胸前被夜諾牢牢抓住了，正準備逃走的老闆娘，摸到不應該摸到的地方的夜諾，兩人在一瞬間，都有些懵。

兩人四隻眼睛，大眼瞪小眼，空氣彷彿都凝固了。

「夜諾！」老闆娘恨意更加恐怖，尖叫一聲後，整個人徹底化為無形。

夜諾愣愣的，看著手裡消失的半圓形物體，以及手心中的觸感，他不光有些懵，而且頭腦也打結了。

李家明目瞪口呆，哇，這特麼簡直太八卦了有沒有。老三簡直就是男人之光，吃豆腐之友，他太羨慕嫉妒恨了。

「老二，你摸過她的那個地方沒？」許久後，夜諾才彷彿從某種打擊中反應過來。

「我，嘿嘿嘿。」李家明撓撓頭：「你問我幹嘛，你剛剛不是已經摸到了嗎。不光摸了，還抓了。」

「可有女孩子的胸前那地方，是硬硬的嗎？」夜諾皺眉：「書上不是說是軟的嗎？」

「硬硬的？不應該啊，難道是飛機場？她墊了東西？」李家明也愣了愣，這方面，他覺得自己比夜諾應該更有研究。

渾然不知，一個奇葩富二代，一個沒女人緣的鋼鐵直男，這兩人的一問一答，才是男人這輩子最悲傷的故事。

「不是墊了東西，而是裡面什麼都沒有。」夜諾困惑道：「她的胸，是假的。」

「假的？」李家明瞪大了眼：「怎麼會是假的，那個老闆娘明明那麼漂亮，那麼高挺，那麼有料。除非……」

兩人對視一眼後，同時大喊了一聲：「臥槽，那傢伙，是偽娘！」

走路帶著一股香風的老闆娘，竟然不是女人，而是性別男！這太不知道該怎麼形容了，夜諾感覺自己內心湧過了一群在草原上奔跑的草泥馬。

他趕緊用抓過那啥的手，在李家明身上用力擦。

「別過來，別用你那隻抓了偽娘的手碰我，走走走！」李家明噁心得躲不停。

整個南江客棧都平靜下來，客棧內被血術碰過的地方，一片狼藉烏煙瘴氣，佈滿了噁心的血腥臭氣。

此地不宜久待。

「走吧，去救程覓雅。」夜諾帶著李家明準備走出客棧：「你跟我靠近一點，千萬小心，這整個島都被那偽娘佈置成一個巨大的除穢陣法，我也不清楚底細，現在陣法已經被她解開了，我不一定能保你安全。」

李家明被他說得有些怕，連忙緊緊湊到夜諾背後，一臉被欺負的小媳婦似的。

夜諾深吸一口氣，他全身繃緊，心裡卻很不安。

偽娘不知道花了多少人力物力將這座島打造成除穢陣法，目的僅僅是為了釋放老王叔叔的詛咒？夜諾不認為那麼簡單。

那偽娘肯定在圖謀某種更加可怕的事情，釋放老王叔叔的詛咒，只是為了實現那件事的其中一個因素而已。

偽娘的目的，到底是啥？

夜諾一邊想，一邊踏出客棧的門檻。

已經早晨八點了，客棧門前就是島上村的主幹道，走出客棧後，夜諾和李家明都同時皺皺眉。

怎麼回事，怎麼突然起霧了。

好大的霧！

「哪來的霧啊，今天早晨出門的時候我從窗外望，也沒發現有霧啊。」李家明疑惑道。

「這霧，不是普通的霧。」夜諾搖搖頭，找了一根繩子，讓李家明抓住另一頭：「繩子抓緊了，千萬不要放手。如果你放手了，我就再也找不到你了。」

「這麼玄！」李家明打了個冷顫，霧氣瀰漫翻滾，雪白的水分子中，確實像是隱藏著某種可怕的東西，「老三，你說那個偽娘，會不會藏在霧裡找你報仇？」他問。

夜諾搖頭：「不會。他用血遁逃走，自己把自己弄成個半殘，就算僥倖不死也要休養一段時間，暫時不會再找咱們麻煩。」

「那偽娘邪乎得很，他估計恨死你了。老三，今後你千萬要小心些。」李家明擔心的說。

夜諾暗道，偽娘何止是恨死自己了，自己破壞了他的計畫，無論怎麼想，今後他都是個不死不休的死對頭。

街上的霧太大太大，大到兩人一走入霧中，就被霧給吞沒掩埋，哪怕不是伸手不見五指，也是走路看不到腳尖的狀態。

兩人沒走幾步，就停下來。

「不行，什麼都看不到，連路在哪兒都不知道！」夜諾歎了口氣。

「那該怎麼辦？」李家明問。

「覺不覺得霧裡有東西？」夜諾說。

「覺得啊。」李家明實誠的點頭。

他確實能感覺得到，這個街頭，這霧氣裡，肯定有東西存在，絕不僅僅只有他們兩人。

「眼睛盯緊了，只要看到有人，我們就跟上去。」夜諾道，他剛剛試幾個除穢術，可惜沒有卵用。

這霧不是幻術。

趁著站著不動的時間，他稍微修煉了幾分鐘，將體內的暗能量補充了些。

眼前的霧氣何止不對勁兒，極有可能就是偽娘佈置的除穢陣的某一部分，夜諾能察覺霧氣在以某種玄妙的方式流動，但是源頭在哪裡，並不清楚。

等了片刻後，突然李家明喊了一聲：「老三，前邊有人。」

夜諾抬頭，果然看到一個黑乎乎的影子，在霧氣裡朝自己兩人走過來。

「誰？」夜諾右手捏了幾個銅錢，掌中飛待發未發。

「你又是誰？」聲音聽起來，是個中年男性。

「過路的，街上突然起霧了，我找不到路了。」夜諾道：「大叔，你知道去碼頭怎麼走嗎？」

「不知道，不知道，我有事急著回家，你再問別人。」中年男子在霧中擺擺手，徑直朝前走去。

夜諾低聲跟李家明說：「咱們跟著他。」

「跟著他能走出去？」李家明問。

「也許吧，我覺得那個人，有點怪怪的。你看，他彷彿不受霧的影響。」夜諾瞇著眼。

不錯，那個黑乎乎的影子在霧氣裡走得很流暢，彷彿這眼前的大霧，絲毫沒有給他帶來困擾。可夜諾兩人，明明連一公尺開外的事物都看不清楚。

難不成這霧，還能挑選人來遮擋視線不成？

這是古怪的地方其一。

夜諾和李家明悶不吭聲的跟著那中年男子走，中年男子貌似並不在意，甚至連頭也沒有回一下。

原本在夜諾的記憶裡，一路應該沒那麼多彎道，可跟著中年男子走著走著，路就變得崎嶇多變，彎彎折折。

中年男子越走越快。

沒多久，夜諾可悲的發現，自己竟然將一個凡人跟丟了。

「那大叔去了哪裡？」李家明瞪大了眼，在霧氣中尋找中年男子的身影：「剛剛明明還在前面不遠處的，我眼睛都沒有眨一下，怎麼他突然就消失不見了，難道有鬼！」

「鬼你個大頭鬼。」夜諾在他腦袋上敲一下：「人不可能平白無故消失。」

「所以我才說他是個鬼啊。」

「跟我來。」夜諾仔細思索一下，帶著李家明來到中年男子失蹤的位置。

白霧依舊很濃，而且越來越濃。很快，兩人的視線，只剩下了五十多公分，如果不是在李家明身上拴了繩子，估計這傢伙老早就和自己走散了。

霧氣中的暗能量，越發密集，明明島上村的除穢陣因為老闆娘提前收回了力量，算是失敗了才對。

可夜諾心裡的不祥預感卻變濃了，到底哪裡有問題？

失敗的除穢陣，會變成某種更可怕的變數嗎？

來到中年男子消失的位置，夜諾並沒有察覺到異樣。他蹲下身，摸摸地面，很普通的石板路，甚至地上的石板也平平無奇，沒啥好奇怪的。

可中年大叔竟然就在這麼個平凡的地方，毫無理由的失蹤了。

「老三，又有人來了。」李家明突然道。

夜諾起身，的確看到又有一個人走過來。

「誰？」夜諾高聲問。

「鬼吼鬼叫的，吵死了，吵死了。」來人是個中年女性，說話很神經質。她看也沒看夜諾一眼，徑直往前走。

令人頭皮發麻的是，當她走到夜諾不遠處，到了中年男子消失的位置時，這個中年女人也神秘消失了。

如同神隱一般，消失得乾乾淨淨。

「臥槽，這是怎麼回事！」李家明嚇得不輕。

夜諾將李家明拖到一邊，一聲不吭。

緊接著又有好幾個人走過來，這一次夜諾沒有說話，只是瞬大眼睛，死死的盯著這些人，每走過一個人，他就在那些人的身體上虛點一下。

無一例外，只要有人走到剛剛的那一處，就會消失不見。

一個多小時，一共來了一百多人，消失了一百多人。

李家明渾身哆嗦，他覺得這裡實在是太詭異了。

「一共一百一十三個。」夜諾喃喃道：「看來島上村的除穢陣，因為提前啟動，所以造成某種可怕的變數。」

「什麼變數？」李家明下意識的問。

「除穢陣將隱藏在島上村的某個空間裂縫，生生撕扯開了。」

「可那些人為什麼著魔似的，不斷的走進那啥空間裂縫中？」李家明不解道。

「或許那裂縫裡，千百年來，一直隱藏著你們祖先的秘密，甚至老王叔叔的秘密。」夜諾猜測道：「而老闆娘，佈置了那麼久，用那麼大的人力物力把整個島都弄成那不知名的除穢陣模樣，為的就是能夠進入那處空間裂縫中。」

說到這，夜諾隱隱已經猜到些許真相。

打開博物館的每一扇門，都需要一只九龍鎖住的青銅盒子，這些青銅盒子的本來目的，就是用來盛放那所謂的陳氏之骨。

陳氏之骨到底是啥，夜諾現在暫時不清楚。

但是第一扇門中的龍柱內，就有一個空間裂縫。進入空間裂縫中，接觸過陳氏之骨的海安，就擁有了超自然能力。而第二扇門的人頭女穢物，同樣如此，她為了報仇，將腦袋塞入青銅盒子中，甚至把陳氏之骨含在嘴巴裡。

由此可見，陳氏之骨絕對不凡，它能讓普通人變成超自然的穢物。

或許老王叔叔的存在，也是藏在島上村的空間裂縫中的某一塊陳氏之骨催化出來的，而老闆娘的目的，和他一樣，也是為了得到陳氏之骨。

夜諾覺得，自己猜測的八九不離十。

「要想辦法進空間裂縫中才行。」他揉揉鼻翼。

但是想要進去，何其艱難。那些霧中的陌生人似乎受到裂縫中什麼東西的感召，順其自然的就走進去。

可夜諾和李家明試了又試，卻完全不得其法。

他們根本進不去。

隨著一百一十三人的進入，霧，開始逐漸散去。

「老三，你說雅雅和她的家人，會不會也在你提到的空間裂縫中？」李家明問。

「很有可能。」夜諾說：「一定是老王叔叔在呼喚島上村被詛咒的村民們，至於進了裂縫會發生什麼，肯定不是好事，我們要速度快些，否則程覓雅就有危險了。」

「可是現在霧已經開始散了啊。」李家明急道。

「別急，我在想辦法。」夜諾盤腿坐在地上，他不斷的思索著，身體感受著暗能量的流動，以及那古怪的不知名除穢陣的佈局。

突然，李家明驚叫一聲：「爸！」

霧氣喧囂中，一個中年男子走過來，他的身形還算保養得宜，只是在霧中，看不清面貌。

但是光憑身形李家明也能認出自家老爸來。

「這個聲音——是家明？」來人果然是李家明的爸爸李強，他的聲音在發抖，抖得厲害。李強在害怕。

「爸，你不是前天還在春城嗎，怎麼突然回島上村來了？」李家明想要靠近李強。

「家明，不要過來。」李強的聲音裡全是苦澀：「我也是身不由己啊。老王叔叔來到咱們家，我必須要回來，不然我們全家都會死的。你怎麼還在島上村，我不是叫你快逃嗎？」

「我能逃到哪兒！」李家明苦笑。

他和他老爸都同時沉默起來。

李強看到李家明身旁的夜諾，忙道：「夜兄弟，求你救救我兒子，我必須要進去了，我可能沒救了，但是我兒子，他的詛咒還不深，或許能救得了他。」

這春城首富絕望之際，將希望全留在兒子身上。

「我老李家幾代單傳，拚命忍耐著老王叔叔的詛咒，一代一代的撐下來。可不能在我李強手中，將老李家的根給斷了。」

李家明想要去抓老爸的手：「老爸，你在說什麼呢。你千萬不要再往前走了，再往前走，你會進入一個什麼空間裂縫，那裡很危險。」

「我也是身不由己啊，我的身子停不下來！」雖然理智很清醒，但李強確實停不下來，他一邊和兒子說話，還一邊走個不停。

「老三，你快救救我爸。」李家明尖叫道。

夜諾拍拍他的肩膀，歎了口氣：「我救不了。」

他現在沒法救人，李強雖然近在咫尺，可夜諾卻能感覺得到，他並不在自己身旁。就算夜諾有心想要救，可是這層霧太詭異了，幾步的距離，都會變成無限大。那種咫尺天涯，讓夜諾很無力。

「不過別擔心，我有辦法。」夜諾安慰了李家明幾句後，雙手結印，十指翻飛中，一個除穢術打出，穿越霧氣，一閃沒入李強的身體裡。

李強不再開口說話，他向前邁了一步後，和之前的一百多人一模一樣，消失了。

隨著他的走入，霧氣瞬間徹底消散。

悲傷中的李家明看一眼周圍環境，頓時渾身寒毛都豎起來。

這裡，到底是哪裡，現在的島上村還有這種環境？

夜諾也愣了愣，他通體發寒。只見剛剛明明還和李家明隔著一定距離，可霧氣散去後，卻發現自己兩人，明明是頭碰著頭半跪著。

原本他們以為自己只是站著沒動，事實卻完全不對。

這裡，居然是一個亂墳崗，凌亂的墳堆密密麻麻，遍布山丘頂端，一眼看不到盡頭。

夜諾和李家明不光半跪著，而且還一直用雙手在挖什麼東西。定睛一看，膝蓋下方跪著的，竟然是一口老墳。

那口墳上的黑土，竟然已經被夜諾和李家明挖了一半，連裡邊殘破的棺材蓋，都露了出來。

他們什麼時候跪下去的，什麼時候開始不斷挖墳的？那白色霧氣彷彿擾亂的不只是空間，還有時間和人類的思維能力。

轉頭一抬，估摸著在霧氣中也不過只待了一個多小時而已，現在竟然已經月上中天，晚上十點了！

—12— 屍光乍現

「這個山頂，不太對勁兒。咱們走！」

亂墳崗中，隱隱傳來一陣陣的鬼叫聲，異常可怕。李家明沒聽到，夜諾卻聽得清清楚楚。確實有什麼東西，想要從黑土下的一口口棺材裡跑出來。

用膝蓋想，都絕對沒啥好東西。

夜諾沒敢在深夜繼續待在被自己挖了一半的老墳前，他帶著李家明朝著山下一路摸黑走，好不容易才走出亂墳崗，遠遠的能看得到燈火通明的住宅區了。

住宅區那一盞盞，如同祭祀死人的蠟燭造型，以及白色的光，就算模樣瘮人，現在看起來也相當親切。

這裡鬼氣熏天，總算要回到有人的地方了。

「找個地方過夜。」夜諾聞了聞空氣裡的味道。

夜晚的島上村不太平，特別是那一處亂墳崗。

黑夜中湧動著驚悚的氣息，那是一種令他頭皮發麻的戾氣。很可怕，也很危險。

夜諾想要找個頭上有瓦的地方，佈置除穢陣法，保護好他和李家明。

夜色湧動，不斷擠壓著街燈射出的光，黑暗與光明交界的地方，彷彿在進行一場激烈的戰鬥。

街燈代表陽氣，黑暗代表陰氣。

可現在街燈開始昏暗，甚至一閃一閃的，陽氣被壓，陰氣上升。這不是好跡象！

「走！」夜諾拽著李家明，跑得又快幾步。

戾氣瀰漫，裹挾著夜色，如水的黑暗不再如水，只要浸泡其中，就會感到一股陰森森的刺痛，黑夜在腐蝕著黑夜中的一切，一隻鬼爪抓過來，差點抓住了夜諾的背。

夜諾看看身後，微微皺眉。

背後的黑暗在不斷蔓延，而自己距離前方的街燈照亮的地方，還有相當距離。

他掏出一張符紙，沾了些朱砂，運起除穢力浸透入朱砂中，以手代筆寫了幾個潦草的字，然後手心一握。

除穢符中頓時散發出一道刺眼的白光，久久不散。

被白光一刺，身後的黑暗裡陡然傳來一陣淒厲的慘叫，經久不絕。

李家明嚇了一大跳：「什麼在叫？」

「剛剛我們挖的墳裡跑出來的東西。」夜諾隨口答道。

「怎，怎麼可能！」李家明渾身都抖一下：「那棺材裡有東西？」

「不光是我們挖的那一口，恐怕整個亂墳崗裡的棺材中，都有東西跑出來。藏在黑暗中，想要攻擊我們。」夜諾說。

「那咱們怎麼辦？」李家明問。

夜諾看看手中綻放的光：「當然是盡快回居住區，我的明光咒堅持不了多久，而且我的除穢力也沒剩多少了。」

兩人不再說話，悶不吭聲的埋頭拚命往前趕路。

島上村並不大，幾公里面積罷了，可這個不起眼的小山頭猶如走不到盡頭般，怎麼都走不出去，明明居民區就在山坡下邊。

夜諾一把拽住了李家明，罵了一句：「奶奶的，遇到鬼打牆了。」

「鬼打牆？」李家明哆嗦道。

「別動。」夜諾捏了手訣，手腳一劃，之後一腳踩在地上。

地面彷彿刮了一道微風，從夜諾跺腳的地方開始朝四面八方蔓延，李家明定睛一看，頓時倒吸一口氣。

他嚇得快要抽筋了。

只見距離他們和下山回居民區的路上，橫擋著一面牆，這面牆不是什麼真正的牆，而是由一個個的白色面具組成。

每一個白色面具背後，都藏著一隻黑漆漆的老王叔叔。一百多個白色面具，一百多個老王叔叔組成高達兩公尺，長約數十公尺的牆壁。所有老王叔叔，都在對著他們陰惻惻的笑個不停。

「嘻嘻嘻。」淒厲的笑聲，讓人不寒而慄。

「估計回不了住宅區了！」夜諾心臟猛地一跳。

細細數來，一共有九十九隻老王叔叔，每一隻都散發著驚人的戾氣。老王叔叔彷彿想要將夜諾和李家明擋在亂墳崗中，至於它們為什要這麼做，夜諾不清楚。

可老王叔叔們被夜諾看到後，白色面具牆開始分崩離析，分離出來的老王叔叔朝夜諾兩人飄過來。

夜諾連忙抓出一把鐵屑，撒在地上，準備畫一個圓圈。

可這個圓圈還沒畫好，就聽到李家明滿臉慘白的小聲說：「老三，我的腳，好像被什麼東西給抓住了！」

夜諾低頭一看，一隻鬼爪，竟然生生從土裡探出來，抓住了李家明的腳踝。根本就沒有走出亂墳崗，腳下還有孤墳。

那隻鬼爪就是從孤墳棺材裡伸出來的。

「見鬼了。」夜諾一腳踩在鬼爪上。

乾枯的鬼爪一動不動，每一根骨節，都想要鑽入李家明的肉中。李家明痛得大喊大叫，最可怕的是，每一次尖叫，他臉上本被夜諾封印的白色面具，就會從虛影變成實體，蓋在李家明的臉上。

夜諾一咬牙，咬破中指捏了五虎咒，手中除穢力大炙，彷彿真的有五隻猛虎從手心跳出，撕咬著，硬是把那一隻鬼手給咬斷了。

在鬼手被咬斷的瞬間，夜諾一把將李家明整個人都給抓起來，讓他的雙腳離開地面，如同釣魚似的，李家明的雙腳一離地，孤墳中的土就隆上來。

黑色的泥土翻飛，一隻老王叔叔露出乾枯的骨爪，從墳地裡爬出，探手就想要再次抓住李家明。

夜諾空著的右手趕緊在兜裡一抓，抓了一張除穢符，貼在老王叔叔的腦門心上。老王叔叔慘叫一聲，森白的面具和除穢符結合的地方，冒出濃濃的黑煙。

「奶奶的，除穢符剩的不多了。」夜諾苦笑。

來的時候為了保險起見，夜諾用李強給的錢根據手札上的記載，買了許多朱砂和符紙用來製符。他體內暗能量不多，所以製作的符紙不是啥高級貨色，數量也不算多。

一來二去，才幾天工夫，就沒剩多少了。

眼看著島上村的住宅區進不去，不遠處結成鬼打牆的老王叔叔又不斷撲過來，而更多的老王叔叔，卻是從亂墳崗的墳墓中不停爬出的。

夜色，充斥滿詭異和致命的蕭瑟戾氣。

夜諾環顧四周一眼，正在想辦法的時候，突然一個清澈的女性的聲音傳遞過來：「這邊，朝這邊逃。」

她的聲音彷彿黑夜中的一盞燈，打破寂靜的同時，也吸引了老王叔叔們的注意。老王叔叔彷彿打了雞血，分出幾十隻，朝她撲過去。

夜諾看向她。

這女生大約十八九歲，手裡端著一盞油燈，眉清目秀的臉孔很有一股古典的美。穿著淡雅的連衣裙，滿臉焦急：「你們還在等什麼，快過來啊。」

李家明瞅了夜諾一眼，這女孩出現得太突然了，他不知道該不該相信。

「走！那女孩是人類。」夜諾抓著李家明，趕緊躲著不斷追趕他們的老王叔叔，朝她靠攏。

她手裡的油燈燃起淡淡的橘色火光，火光範圍中，神奇的一幕出現。撲過去的老王叔叔，竟然靠不近她的身旁，那些穢物，彷彿天生就害怕油燈的光似的，最終停在光圈之外。

「快一點！油燈的燈油剩下不多了。」她再次喊道。

夜諾鼓足勁的跑，一百多隻老王叔叔的追趕並不容易躲避，那些老王叔叔不斷的堵截他們。

眼看被夜諾倒提著的李家明又要被黑暗中探出的幾隻手抓住。

她一咬牙，不知從哪裡抓出一隻雞冠火紅的大紅公雞，手起刀落，喀嚓一聲將公雞的脖子砍斷。

無頭公雞的血噴出老高，濺射入黑暗深處。

她將公雞屍體遠遠扔出去，所有的老王叔叔都調轉方向，似乎眼裡只剩下那具流血的公雞屍體。

它們追趕過去，一層一疊的爬在公雞屍體上，白色的面具驚悚的堆積在一起聳動不止，咀嚼聲，不絕於耳。

「快。」她又喊道。

沒有老王叔叔的阻攔，夜諾帶著李家明順利的逃到她身旁，有了油燈火焰的籠罩，雖然只是微弱的火光，但夜諾竟然不可思議的感覺到，自己很有安全感。

火焰在山坡的風中搖曳，溫暖人心。

背後，老王叔叔們的咀嚼聲，開始逐漸淡去，整隻公雞都快要被它們吃光了。

「走。」她一轉身就朝山下走。

夜諾問：「去哪兒？」

她冷冷說：「別問那麼多，走就是了。」

沒有去山下的城市，這個小美女徑直帶他們在草叢中穿行，沒多久，夜諾竟然在山坡下看到一棟小房子。

這棟小房子不算大，通體由附近的老石頭拼成的，和山坡渾然一體，不仔細看根本發現不到它的存在，這座房子，不知道有多少年歷史，光是它的存在，就有一股滄桑感。

油燈的燈光，變得越來越暗，燈油不多了，不遠處吃完了紅冠公雞的老王叔叔們，飄飄蕩蕩，再次朝夜諾等人追過來。

她身手敏捷，迅速將石房子的門拉開，快步走進去。

「進來。」她對夜諾兩人招招手。

夜諾朝後看看，老王叔叔已經近在咫尺了，它們飄搖在風中，黑色的身體融入黑暗，只有臉上的面具，反射著冰冷陰森的白光。

老王叔叔們似乎對這座石屋有些恐懼，這房中，肯定有什麼制約老王叔叔這穢物的東西。

夜諾不再猶豫，連忙兩步走入石屋內。

她啪的一聲，將房門牢牢關上，吹滅手上的油燈。

門外，上百隻老王叔叔止步不前，圍繞著石頭房子，也不散去，它們用冰冷的視線盯著石房子，將石屋繞了一圈又一圈。

看得人不寒而慄。

「老王叔叔不會闖進來嗎？」李家明打了個冷顫，他嚇破膽了。

「不會。數千年來，沒有穢物能闖進這座房子。」她紮著馬尾辮，模樣很精神，在牆上摸索一下，拉開電燈的拉繩。

一盞不亮的老舊白熾燈點亮，照亮了石屋。

女孩這才鬆了一口氣，看向李家明的臉，愣了愣：「你是島上李家的？」

「啊，你怎麼知道，你認識我？」李家明疑惑道。

「不認識，不過你倒是長得像你李家的祖宗。」她朝對面的牆上努了努嘴巴。

夜諾和李家明連忙轉過身，朝她努嘴的牆壁看去，一看之下，就吃了一驚，滿牆竟然都掛著畫像和照片，牆邊上還有一張桌子，桌子上供奉著島上村列祖列宗的牌位。

這石屋竟然是島上村的祠堂。

牆上其中一張老舊的不知多少年歷史的畫像下，寫著李氏輝光幾個字，畫像上的人，確實模樣和李家明有幾分相似之處。

「你是誰？」夜諾問女孩：「這座祠堂……你知道這座祠堂為什麼能阻止老王叔叔進來嗎？」

「我叫計茹帛。」女孩簡單的答道：「我是島上村計家的，從我爺爺那一輩開始，就是祠堂的掌燈人，所以我才能在這一波老王叔叔的詛咒中活下來，至於這裡為什麼能夠阻止老王叔叔，諾，你看看牆上的石頭。」

夜諾下意識的盯著石頭看一眼，頓時明白了。

每一顆建築石屋的石頭上，都雕刻著驅邪咒和編號，而且驅邪咒中的縫隙裡填滿東西，夜諾仔細辨認一下，應該是朱砂混著糯米以及某種動物的血液。

「你果然看得懂。」計茹帛一眨不眨盯著夜諾看，她看到夜諾確實看得懂石頭上的古怪刻痕，頓時眼睛一亮：「你是爺爺曾經提到過的除穢師吧？」

「不是。」夜諾搖頭：「我叫夜諾，他是李家明，我和他是大學朋友。我並不是什麼除穢師。」

他沒有證，確實還不是。

「撒謊。爺爺說過，只有非常厲害的除穢師，才能看懂石頭上的刻痕。而且剛剛在亂墳崗，我親眼看到你施展許多特別牛逼的術法，普通人怎麼可能有那種本事。」計茹帛興奮的說。

「你說我是，我就是吧。」夜諾撇撇嘴：「不說那麼多了，李家明的父親李強曾經說，島上村的所有人在二十年前不是就已經分財產離開了嗎？你為什麼還會回來？」

計茹帛神色黯淡下來：「因為老王叔叔，找到我們家。」

「原來如此。」夜諾點點頭。

看來暌違二十年多後，老王叔叔的詛咒蔓延到所有離開島上村的村民身上了，哪怕他們在外界開枝散葉，也沒能倖免。

夜諾瞥一眼窗外，黑夜中，老王叔叔仍舊黑洞洞的站在不遠處。他又問：「這老王叔叔到底是怎麼回事？你既然能救我們，應該知道些內情吧？還有你提到的，島上村的掌燈人，又是什麼意思？」

計茹帛猶豫一下，臉色露出一絲悲傷：「我知道的也不多，之所以得救，還是爺爺拚了老命，我才活下來的。」

「你爺爺也被老王叔叔抓走了？」李家明問。

她微微搖了搖頭：「老王叔叔不會抓走計家的人，找到咱們計家的血脈，它只會千方百計用殘忍的手段殺掉我們。」

「為什麼？」李家明驚訝道。

夜諾卻道：「這還不簡單，明顯島上村的計家，掌握著某種克制老王叔叔的方法。所以他們才叫做掌燈人，或許名字的來源，就和計茹帛手中那盞燈有關。」

世間萬物，相生相剋，老王叔叔看似有無數分身，彷彿不會被消滅。但是蛇出沒處，十步必有解藥。

不可能有恆久遠的事物，老王叔叔也同樣如此。

計茹帛苦澀一笑：「不錯，夜先生猜測是正確的，而且計家對老王叔叔沒有任何價值。」

「信得過我的話，就把你知道的事情告訴我，現在整個島上村都變成可怕的絞肉場，老王叔叔四處出沒。」夜諾說：「如果我們不想死的話，就要同心協力。畢竟不能一直躲在這石屋裡不出去。」

二十五年後，老王叔叔詛咒爆發，並不只是那個偽娘老闆一人所為而已，島上村肯定千百年來，隱藏著某個驚人的秘密。

夜諾有個直覺，他覺得作為祠堂掌燈人後代的計茹帛，肯定知道些關鍵的線索，而那關鍵的線索，甚至就在掌燈人這個名稱上。

計茹帛又沉默一下，歎了口氣：「其實，我知道的也不多。畢竟我出生在外界，也從來沒有在島上村生活過。爺爺臨死前，才給了我這盞油燈。對了，那個自稱老王叔叔的穢物，並不是什麼老王叔叔，它有許多名字。它在島上村千百年來，都有一個真正的名字——座敷靈！」

計茹帛十九年來的生活，一直和她的名字一樣，她的生活猶如一潭死水，平靜無波。這也是父母為她取的名字的本意。

中庸之道，不大起大落，才是最好的人生。

如果不是發生了那件事，或許她平靜的生活，永遠都不會被打破。

計茹帛讀書晚，今年十九歲，但還在讀高三。

她其實滿喜歡自己現在的生活，住校，有三兩個好友，馬上就要臨近高考的她，卻突然遇到一件可怕的怪事情。

那件事，要從兩個月前說起。

計茹帛的學校在南嶺，是一個很小很小的城市，位於長江邊上，長江水從南嶺縣穿流而過，由於地處內地深處，經濟並不算發達。

大多數人都靠在長江打魚為生，是個明顯的資源衰歇地區，畢竟長江裡的魚最近越來越少了。計茹帛的老爸老媽常年住在船上打魚，她和爺爺住在一個破舊的社區中。由於住校，她通常一個禮拜才會回家一次。

那是禮拜一晚上，舍友杜萍突然一臉神秘的跑回來，說自己在大街上遇到一個很有趣的女孩子，她教會了自己一種新的占卜方式。

茶卜。

說實話，計茹帛對這些神神怪怪的東西，本能就很排斥，她是個典型的唯物論理科生。

但是杜萍很迷這一類玩意兒，什麼外星人、占卜、碟仙、招魂啥的，杜萍很感興趣。這不，學到新的占卜方法的杜萍，獻寶似的，大晚上就召集起全宿舍的女生。

「這個占卜很靈的，真的。可以卜運勢，還能卜命運咧。」杜萍開心的對計茹帛三人說：「來嘛，一起玩玩。」

「萍萍，你的占卜從來就沒有靈驗過。」舍友們雖然在抱怨，可一個個也算有興趣。

年輕人，特別是女生，對神秘的好奇心都重。

「還是算了吧，大晚上的……」計茹帛猶豫一下。

但是那天，杜萍彷彿鐵了心般，一定要為自己等人「安麗」新學到的占卜法，可現在已經午夜十一點過了，計茹帛有點不安，她說不出來，可總覺得今晚似乎有什麼不太對勁兒。

計茹帛的第六感，一直都很靈。

「小帛，你今天好膽小。」杜萍嘲笑了計茹帛一番後，不依不饒：「如果你不喜歡的話，就在一旁看著，不要玩得了。」

說完，就和其他室友嬉嬉笑笑的坐到小桌子前。

宿舍的燈，十一點前學校就統一關掉了，杜萍不知道從哪裡找來兩根蠟燭，點燃。整個宿舍都瀰漫淡淡的燭光。

之後，她又拿出茶杯和茶葉。

「不會吧，大晚上的，你不是要占卜嗎？怎麼像是要請我們喝茶？」室友刁姚捂著嘴笑。

「這是占卜必要的進度。」杜萍沒在意，專心致志的解釋：「我這次學到的占卜術，叫做茶卜，很神奇哦。我昨天給自己占卜的時候，說我今天運勢爆棚，結果在馬路上我就撿到一個錢包，把錢包還給主人後，錢包的主人送了我幾千塊錢。你看，完全被茶卜給說中了。姐妹們，你們有什麼想要卜卦的內容，現在好好想想。等著奇蹟發生吧！嘿嘿。」

杜萍的興致很高，興奮得滿臉通紅。

等準備好了，她說道：「誰先來？」

舍友司蝶弱弱的舉手：「我先來。」

「好咧，看我杜萍大神的神力來襲。」杜萍竊笑著，打開茶葉蓋子，這茶葉筒有些年頭了，通體老舊的硬紙殼做的，裡邊的茶葉，也不普通。

杜萍挑了些出來，只見調羹上舀出來的茶葉漆黑無比，這些茶葉，似乎和茶葉筒一般，有些年紀了，狀如柳葉，色澤黧黑。

「這些茶葉你哪裡買來的？」計茹帛有點奇怪。

看起來這些茶葉和外邊賣的完全不一樣。

「我在那個女孩手裡買來的，很便宜。」杜萍不在意的回答：「對了，還要加點開水。」

當開水沖進玻璃杯時，茶葉發出嘶嘶聲，緩緩舒展，寢室裡卻沒有聞到任何茶香味，反而散發出一股惡臭。

臭得女孩都捂住了鼻子，彷彿屋子裡死了人似的。

「好臭。」刁姚抱怨道：「萍萍，你可沒說過這茶葉有這麼臭。」

「嘿嘿，忍一下就習慣了。」杜萍仍舊笑著，她聚精會神的繼續朝水杯裡倒開水。

開水浸泡著茶葉，臭味逐漸消失，等到徹底沒有味道後，茶葉一片片展開，像是一個個小手掌。

計茹帛怎麼看都覺得無比詭異。

「司蝶，借你一根頭髮用。」茶葉泡得差不多了，杜萍一伸手，在司蝶的額頭前扯下了一根頭髮，然後放在水杯中。

「你幹什麼啊，痛。咦，咦咦！」本來叫痛的司蝶，突然看著茶杯，驚訝叫了一聲。

只見剛剛茶杯裡的茶葉都還是舒展的小手狀，可自己的頭髮扔進去後茶葉的位置就變了。平靜無波的茶水中，茶葉開始移動，許多茶葉漂到自己的頭髮前，掌般的葉片，將頭髮絲拽住。

茶葉真的拽住了自己的頭髮。

司蝶看得眼睛都直了，一臉難以置信。

「神奇吧。」杜萍得意道。

葉片由於拽著頭髮，所有的葉子，都是倒立著的，在幾乎黑色的茶水中，立成一個詭異的角度。

計茹帛越發不安。

這茶葉果然不對勁兒。

—13— 茶卜

這個世界有許多種卜卦方式，對於老祖宗而言，大自然是神秘的。確實，大自然極為神秘，至今為止，人類也勘不破大自然的秘密。

但是卜卦，卻能為人類打開一道大門，透過那道門的縫隙，稍微瞥那麼一眼。

卜卦是玄學，只要上升為玄學的東西，都是不講道理的。其實普通人，在知道方法的情況下，也是能卜卦的。只是成功率不高而已。

但是杜萍那晚上使用的茶卜，夜諾聽在耳中，微微皺眉。茶卜，他在博物館的手札裡看到過，類型大約有幾十種之多。

可是杜萍用的茶卜，怎麼想都透著邪氣，聽都沒聽說過。

看著倒立的茶葉，杜萍算了算，笑道：「司蝶，你明天能得到一個意料之外的驚喜。」

「真的？」司蝶挑了挑眉毛：「什麼驚喜？」

「卦裡說，你會得到一對寵物，這對寵物很有意思，但是如果你不好好待牠們，就會有血光之災！」

司蝶一聽自己居然能得到寵物，興奮得不得了。這個長髮女孩最喜歡寵物了，可是父母老不讓她養，而且現在住校了，學校更不讓她養。

「寵物，是不是毛茸茸的？」

她喜歡小倉鼠和小兔子，做夢都想養一隻。

「卦中提到的寵物，好像真的有毛和長耳朵啊，說不定就是有毛那一類的。」杜萍說。

司蝶樂得合不攏嘴：「如果是真的就太好了。可寵物從什麼地方來的，難道是爸爸媽媽知道我生日要到了給我驚喜？」

「得了吧，你的生日又不是明天。杜萍卦裡說的是你明天就能得到寵物，而且是一對哦。」刁姚見杜萍占卜說得像真的似的，也雀躍起來：「輪到我了，給我占一下明天的運勢。嗯，就占卜愛情運吧。」

女孩子都渴望愛情，哪怕不渴望的，也多少有些好奇。

刁姚的愛情運，一直不好。喜歡她的，她不喜歡，自己一直暗戀的班長，對自己彷彿不怎麼有興趣。

「好咧。你等等。」杜萍將水杯中的熱水倒掉，然後再次將少許茶葉，放入開水，嘴裡唸唸有詞。

照例從刁姚的瀏海扯了一根頭髮扔進去，這一次漆黑散發著惡臭的茶葉，沒有倒立，而是轉了七十度左右，半橫著漂浮在水中。

一片抓著刁姚頭髮的茶葉，微微沉浮。

杜萍看看卜卦結果，皺皺眉，然後展眉一笑：「姚姚，你明天的運氣也很好哦。你喜歡的人會向你告白，但是你的身體會不怎麼好，控制住你自己的身體，你就會抱得男人歸。」

刁姚大喜：「承你吉言了，萍萍，如果真的是那個人向我告白，哪怕我尿頻尿急尿不盡也會拚命忍住的，事情成，我請吃飯，到時想吃什麼，隨便說。」

杜萍又看向計茹帛：「茹帛，替你算一下嗎？」

「不算。」計茹帛拚命搖頭。

她心中的不祥預感，一丁點都沒有減退，反而更濃了。不知為何，本來占卜前還沒什麼的刁姚和司蝶兩個室友，在占卜後，突然額頭上出現一塊朦朦朧朧的黑氣。

那讓計茹帛想到以前聽爺爺說過的一句話：印堂發黑。

一個人印堂發黑了，絕對不是好事。

那茶卜真的不對勁。

沒想到她確實不想占卜，可杜萍卻眼睛骨碌的轉一下，趁她看著刁姚和司蝶的額頭發呆的時候，突然伸手就扯下了她一根頭髮。

計茹帛吃痛，氣惱道：「萍萍，你幹什麼！把頭髮還給我！」

「不還，就是不還。嘻嘻，玩一玩嘛，你那麼認真幹嘛？」眼看計茹帛想要將頭髮搶回去，杜萍眼疾手快，連忙把頭髮扔進了重新倒好的茶水中。

驚人的一幕再次發生，抓住計茹帛頭髮的茶葉，並沒有平靜，而是在水中旋轉個不停，彷彿是在邀請什麼，又像是在拚命抵抗什麼。

「咦，奇了怪了。」杜萍看著卦象，百思不得其解：「這是吉兆還是凶兆，我不怎麼看得清，但是你過幾天，會有個不願見到的訪客來找你，要小心一些。」

啪啦！

杜萍剛說完，茶葉杯子的上半截，就猛然間碎裂了。

杯子中的清澈茶水變得骯髒惡臭，黑乎乎的從破裂的茶杯上端濺射出來，濺了圍在旁邊的四個女孩一身。

「好噁心！」臭不可聞的茶葉水讓刁姚、司蝶抱怨不已。

計茹帛本能的用力擦拭著濺到自己皮膚上的茶水，明明是滾燙的開水，可噴到她身上時卻冰冷刺骨。

「咦，怎麼這茶水那麼冷，像冰塊一樣。」刁姚也察覺到：「萍萍，你明明倒的是開水啊。」

「我聽教我的女孩說，茶卜會消耗熱水中的能量，占卜結束後，茶水就涼了，而且茶水涼，是代表占卜成功的標誌。」杜萍搖頭笑著。

宿舍中的其餘兩人，只是覺得神奇，並沒有將茶卜當真。可計茹帛始終覺得，今天的杜萍有些怪異，茶卜也說不出的詭異。

「真期待明天啊，嘻嘻。」司蝶性格溫柔，說話也溫柔。她樂呵呵的用被子捂住臉：「希望我真的會有寵物。」

「對啊對啊，如果我喜歡的那個真向我告白了。老娘一定要大出血請客，好期待啊。」刁姚扯著司蝶的被子，和她打打鬧鬧。

很快就要午夜十二點了，同宿舍的四個女孩，這才沉沉睡著。

沒有人發覺，放在小桌子上剩下的半截茶杯竟然發生了變化，茶杯斷成兩截，上半截的茶水流出去，可下半截的茶杯中，茶水仍舊殘留著。

就在此時，在黑暗中，杯中的茶水竟然開始漸漸變少。

彷彿，有人在飲茶。

當所有的茶水都消失時，茶葉在杯子的底部，排成三個字。

三個字一模一樣。

「死」。

當夜，凌晨過去，第二天到來。大約凌晨四點過的時候，司蝶猛然間驚醒了。她似乎聽到什麼奇怪的聲音。

那聲音彷彿像是有人穿著拖鞋，在地上走來走去。說走，又有些不太像。那個人拖著沉重的腳步，步子很緩慢，如同摔倒了又爬起來似的，非常吵。

「誰啊？」司蝶揉揉迷糊的眼睛，她被拖鞋的聲音吵得睡不著。可怪的是，同宿舍另外三個室友，絲毫沒有受到干擾，睡得像是三隻小豬。

那拖鞋聲聽到司蝶的話聲後，反而如同找到目標，朝少女的床前走過來。步履仍舊很慢，速度仍舊不快，但是執著的，一點一點的在朝她的床逼近。

司蝶本沒有太在意，她以為是哪個舍友去上廁所才回來。

但是又聽了一會兒，就覺著有些不太對了。

現在女生宿舍的床，雖然分上下兩層，但是都相對獨立。一屋子四個人，四張鋼架床，床上鋪睡人，床下鋪是書桌。

如果是舍友上完廁所回來，應該回自己的床上才對。怎麼那拖鞋的聲音，卻是朝著自己的床爬過來的？而且，聲音已經站在自己的床下書桌前。

寂靜一下後，那拖鞋聲，開始爬起了通往上鋪的鋼架子。

這怎麼回事？

「誰啊？」

司蝶忍不住又喊道。

「茹帛？」

「萍萍？」

「姚姚？」

一連喊了三個名字，都沒有人回應。

向上爬的聲音，依舊沒有斷絕，有什麼東西不斷往上爬，就快要爬到自己的床上來了。

司蝶睜大眼睛，她只看到宿舍中伸手不見五指的黑暗，她本就膽小，哆哆嗦嗦的亂摸了一陣，摸到手機，連忙點亮螢幕。

螢幕的亮光，讓她稍微鬆氣。她哆嗦著，就著螢幕的燈光，朝床邊望去。

床邊空無一物，哪有什麼人。

司蝶揉揉腦袋：「該不是睡迷糊了吧？」

她重新躺回去準備繼續睡，可剛一閉眼，那個可怕的走路聲再次出現，司蝶猛地翻身，又一次朝床下望去。

依然什麼也沒看到。

可這一次，司蝶發現了一個東西。

那是一雙拖鞋，一雙自己的毛茸茸白色兔耳朵拖鞋，這雙拖鞋就卡在鋼架床的梯子上，離自己只剩下不足十公分。

司蝶懵了。

現在明明是春天了，自己早就把冬天用的兔耳朵拖鞋塞回行李中，打包寄回了老家，老家距離這裡可是有一百多公里遠，這雙拖鞋怎麼可能在大晚上出現在床邊？

「難不成我忘記寄了？不對啊，就算忘記寄，也不可能卡在鋼架梯上，我上床睡覺的時候，沒看到過拖鞋啊。」她百思不得其解，渾身冰冷。

事情越發詭異。

司蝶真的有點怕了，她鼓起勇氣，將兔耳朵拖鞋牢牢塞回櫃子裡，將櫃子門鎖好後，她再也睡不著。

忍了又忍，後來司蝶跑到計茹帛的床上，和她擠了一晚上。

直到黎明時分。

司蝶一直沒明白，昨晚的事到底是不是做夢；一大早，她就去看了櫃子，那雙白兔耳朵拖鞋，並沒有在櫃子中。

她疑惑了，自己或許真的做了個奇怪的夢。

但，事情沒有結束。

第二天上學，語文課時，司蝶從課桌的抽屜裡摸書，結果卻意外的摸到了一個軟軟的東西。她下意識的捏了捏，那東西長長的，有毛，彷彿一對兔耳朵。

她將那東西拖出來，一看清那東西的模樣，就尖叫的連滾帶爬，滾到地上，班上所有人都詫異的盯著她看。

司蝶從抽屜裡，扯出來了一雙拖鞋。

那雙兔耳朵拖鞋。

拖鞋不知道什麼時候，偷偷被放到她的抽屜中。

「到底是誰的惡作劇！」不顧所有人的視線，司蝶憤怒喊道。

同學們詫異的視線，讓她感覺很刺眼，她覺得所有人都有嫌疑，所有人都想害她。老師見她精神非常糟糕，便讓人將司蝶帶去了校醫室休息。

但是司蝶哪裡敢休息，她感覺自己患上幻聽，只要一閉上眼睛，那雙可怕的拖鞋的聲音，就會響徹耳畔。

不，這絕對不是什麼幻覺。

「同學，你自己在床上休息一下，我去辦點事。」沒休息多久，隔著拉好的白色簾子，校醫的聲音就傳過來。

接著是校醫離開關門的聲音。

「不，老師不要走，千萬不要！」還沒等司蝶尖叫完，拖鞋的腳步聲再次響起。它走到簾子跟前。

司蝶一把將簾子拉開，她瞪大眼睛，看到難以置信的恐怖一幕：那雙兔子耳朵拖鞋果然跟著自己，從教室來到校醫室。

不只如此，拖鞋還不斷走來走去。

拖鞋似乎很開心，毛茸茸的耳朵隨著走動一搖一擺，但是，拖鞋明明沒有人穿著，它只是一雙普普通通的拖鞋而已，怎麼可能自己走動。

司蝶感覺自己的常識發出破碎的響聲。

那一雙拖鞋看到司蝶，開開心心，蹦蹦跳跳的朝她跑過來，猶如看到主人的寵物。

「不要過來，你們不要過來。」司蝶睜開大眼，眼中佈滿血絲，她歇斯底里的叫著，從床上滾下去，滾到角落中。

拖鞋追著她，不斷的朝她身上跳。用耳朵蹭她，用鞋後跟在她的大腿上摩擦，這和寵物撒嬌的時候一模一樣。

但這麼詭異的寵物，沒人想要。

司蝶嚇得快瘋掉了，她拚命的將那兩隻拖鞋甩開，但是她無論怎麼甩，拖鞋每一次都會興奮的跑回來，撲進她懷裡。

她終於神經崩潰了，她抓來一把椅子，一腳踩斷，露出斷裂處尖銳的一面。

「不要過來，你們這些怪物。都是怪物，都是怪物，我要你們死。不要纏著我，我不想養這麼奇怪的寵物，我不要，不要！」

司蝶一邊尖叫，一邊用椅腳瘋狂的刺著地上的兔耳朵鞋子。

等校醫聽到聲音，推開門急忙闖進來時，她怎麼都不敢相信自己的眼睛，剛剛還好好的躺在病床上的女生，現在癱坐在校醫病房的一個偏僻角落中。

嘴裡還不斷的胡亂唸叨什麼，臉上的神情詭異而且瘋癲。

她的血流了一地，手裡甚至抓著一根尖銳的椅腳，椅腳滴著血。而她的雙腿，已經活生生的被自己用那根椅腳瘋狂刺出大大小小的洞，就連腿骨也殘破不堪，剩下一條血淋淋的筋，將兩隻腿骨連接著。

而那快要被截肢的雙腿上，赫然穿著一雙被血染成殷紅的兔耳朵拖鞋！

「茶卜過後第二天，司蝶那雙寄回老家的兔耳朵拖鞋，突然變活了，想要變成司蝶的寵物，讓她永遠都穿在腳上。司蝶太害怕，精神崩潰，活生生戳爛了自己的腳。我們去看她時，趁著還清醒，她告訴了我們一切。但司蝶大部分時間，都雙眼發直，嘴裡不停的嘟噥著，她不要那種寵物，不要。沒過一天，就在醫院的那張病床上，司蝶上吊自殺了。她死的時候，據說還是穿著一雙兔耳朵拖鞋。」

計茹帛環抱胸口，那件事就算已經過了兩個月，現在想起來，仍舊驚悚不已。

夜諾沉默了片刻：「你那茶卜用的茶，很邪乎。」

「對。」計茹帛說：「但那時候我們只以為是午夜的一場遊戲而已，並沒有放在心上。我們可真傻，就算司蝶出事，也沒聯想到茶卜有問題。接著，當天傍晚，室友刁姚也出事了。」

刁姚一直暗戀的那位男生，在傍晚的時候叫住了她，主動向她告白，少女心動不已，當然答應了。

由於她太激動了，在那男生想要吻自己的時候，刁姚忍不住放了一個屁。

沒想到那男生突然就瘋了似的，說刁姚居然對著他放屁，不尊重他，更不尊重這段感情，然後掏出刀子，將她活活捅死，之後分屍成好幾塊，扔到城市各處的垃圾堆中。

警方破案的時候，那個男生已自殺了。

「我這才察覺到事情的嚴重性，因為不可能兩起怪案都出現在我們同寢的人身上。事出異常必有妖，終於，我懷疑起杜萍來。因為她占卜的兩件事，都非常扭曲的變成現實。」計茹帛臉色煞白：「司蝶有了寵物。刁姚被告白了。雖然最終下場很慘，可這不就已經證明了，茶卜的預言確實變真了嗎？」

這不是預言，這根本就是一種詛咒。

詛咒變成現實，那才是最可怕的。

所以第三天夜裡，她找到杜萍，想要問清楚情況。

她們的對話很短，而且杜萍像是嚇壞了，將宿舍的東西胡亂的塞入行李箱中，想要搭乘夜班車回家住一段時間。

這間死了兩個室友的宿舍，她不敢再待下去。

計茹帛拉住杜萍，問：「萍萍，你覺不覺得你的茶卜有問題。」

杜萍臉色慘白，搖搖頭，又點點頭。

「你說那個茶卜，是從街上一個少女身上學來的，你怎麼學的，她為什麼要教你？」計茹帛百思不得其解。

這件事處處透著詭異。

杜萍想了想，回答道：「我現在想，也覺得不太對。那個女孩叫什麼名字，我不清楚，我看她在車站邊幫人占卜，挺靈的，一時好奇就湊了上去。那個女生大約二十歲，漂亮極了，穿著淡綠色的唐裝長裙，眉清目秀，渾身洋溢著恬靜的古典美，我從來沒見過那麼漂亮的女人，那麼神奇的占卜術。」

聽到這裡，夜諾和李家明同時心裡一抽。杜萍對那女孩的描述，讓他們聯想到一個人。

島上村南江客棧的老闆娘！

難不成是那個老闆娘故意將詭異的茶卜教給杜萍，而目的，就是為了讓茶卜詛咒計茹帛？

夜諾眉頭一皺。那個偽娘實力可怕，但為了詛咒計茹帛，卻繞了很大一個彎，難道這也是島上村某個陰謀的重要一環？

花費那麼大的人力物力，偽娘的圖謀必然很大。他，真的只是想得到陳氏之骨那麼簡單？

夜諾覺得自己前些時候的推測，有點站不住腳了。

計茹帛繼續講著：「那個漂亮的女孩見杜萍好奇，就教了她茶卜之術，還給了她一些茶葉，要她第二天晚上，一定要把茶葉用完。」

所以才有了第二天的事，沒瞎想的杜萍心思簡單，按照茶卜術，給宿舍裡所有人都卜了卦。

計茹帛聽杜萍講完前因後果後，完全無法理解，畢竟她十九年的人生裡，根本就沒有發生過怪事。

收拾好行李，臨走前，杜萍歎了口氣：「茹帛，你小心一點。」

「你也小心。」計茹帛和她抱了抱，最後好奇的問：「你卜卦的時候，茶卜有沒有提到撿錢外其他什麼事情？」

這一說之下，杜萍愣了，接著瘋了般的抓住計茹帛，大聲問道：「現在幾點了？」

「快晚上八點了。」

「來得及，還來得及。」杜萍臉上渾然沒有血色，眼睛赤紅的朝外跑。

「你怎麼了？」計茹帛驚訝的追在她身後問。

「我會死的，我也會死的。」杜萍聲音在哆嗦。

「怎麼回事？」

「那個美女給我卜卦完後，還說了一句撿到的錢必須要在三天之內用完，否則，會有血光之災。」杜萍抓著手裡的錢包，死死地拽著：「我一個女生，又是住校，在這個窮不拉屎的鬼地方怎麼可能短時間把幾千塊錢用完。」

今天就是第三天。

杜萍家境不好，所以很節儉。原本茶卜之後，她沒將這件事放在心上，準備將意外得來的幾千塊錢存起來，今後上大學用的。

但是刁姚和司蝶的死，讓她害怕到極點。茶卜是真的，卜卦的結果是真的，那麼就意味著如果不在今晚十二點前將錢用完，或許會和兩位室友一樣，莫名其妙的橫死。

學校早就關了大門，計茹帛和杜萍從一截矮圍牆後邊翻出去，在學校附近的街道上，只要是還開門的店鋪，就會衝進去買一波。無論買什麼都好，抓什麼買什麼。

當幾千塊錢用完的時候，杜萍深深鬆口氣。

「我按照茶卜的內容做了，看來我不用死了。」杜萍展顏笑著：「活著真好！」

計茹帛的這位室友，拖著行李趕半夜的火車回家去了，而她，也是最後一次見到杜萍。

三天之後，她才聽到杜萍的死訊。據說她死得很詭異，當天回去後，父母直到第二天都沒有見她出門。母親叫杜萍吃午飯，才發現女兒死了，嘴裡塞滿了錢，她是被錢活活噎死的！

—14— 掌燈人

杜萍也死了，四個室友，只剩下計茹帛一人。

計茹帛仰起頭，捂著臉哭個不停。

聽到這兒的李家明撓撓頭，很不解的問：「不對啊。明明你的舍友杜萍遵照茶卜的預言，將撿來後別人贈與的錢都用光了，她不應該被咒殺啊！」

夜諾冷笑一聲：「詛咒上說，必須要在三天內，將錢用光。她超過時間了。」

「怎麼就超過時限了，杜萍用完錢的時候，明明還沒過晚上十二點。」李家明還是沒明白。

「你為什麼肯定詛咒的三天期限，截止日期會是晚上十二點？」夜諾反問。

李家明啊了一聲：「不對嗎？」

「詛咒，從來都是從被詛咒的下一秒開始倒數的。」夜諾淡淡道：「杜萍被茶卜預言的時候，從各方面可以推斷，應該是白天，最有可能的是早晨十一點，因為咒法並不是所有時間都有效。十一點這時間段，陰弱而陽未升，屬於曖昧交融的時刻。那個偽娘老闆娘，利用的就是這一時間點。而三天之後的中午，杜萍身上的詛咒，就已經過了時限。當杜萍在晚上察覺到詛咒還有別的條件時，她已經沒救了。晚上用完那些錢根本沒意義，最後當然會被咒殺。」

「啊！」李家明張大嘴巴：「原來是這樣！」

「你們認識那個教杜萍的惡毒女人？」聽到夜諾兩人的談話，計茹帛眼中閃過一絲精光。

夜諾當下將島上村為什麼會變成這樣，他的懷疑，島上村建築如同一個極大的神秘除穢陣，以及偽娘老闆娘的情況，簡要說了一遍。

計茹帛面帶憤怒，狠狠地一跺腳：「這麼看來，今年座敷靈的詛咒突然爆發，果然是人為的，爺爺沒有猜錯！」

「你爺爺這也猜到了？」夜諾震驚道。

「我爺爺畢竟是島上村的掌燈人，他在村裡的威望極高，二十年前解除座敷靈的詛咒，救出村子裡好幾十人，甚至決定讓全村都離開島上村，都是爺爺的決定。」

計茹帛歎口氣：「可惜，終究還是功虧一簣。」

「那老王叔叔到底是怎樣的存在？」夜諾問。

「它是座敷靈，像是一種極為兇殘的惡靈。這是爺爺臨死前告訴我的，這惡靈非常恐怖。會潛伏進別人的家中施暴，讓和和美美的一個家庭，徹底崩潰瓦解，妻離子散，全家橫死。具體情況，我也知道的不多。爺爺臨死前，並沒有告訴我前因後果。」

「那，老王叔叔去找你了嗎？」夜諾又問。

「怎麼可能沒來找我？茶卜上不是清清楚楚的說過嗎，我有一位不好的客人會在最近一段時間找上門。那個客人，就是老王叔叔。」

計茹帛從小，脖子上就戴著一塊玉。爺爺說，這塊玉一定要戴在身上，哪怕洗澡，也不能取下來。

這塊玉，現在還掛在計茹帛纖細白皙的脖頸上。

夜諾定睛一看，古玉裡縈繞著黑氣，表面也烏漆抹黑的，透露出一股極為不祥的壓抑，除去這層黑氣不說，模樣造型，甚至上邊雕刻的幾個夜諾也拿不準的除穢咒，都和李家明當初的那一塊一模一樣。

古玉，應該出自於不知道哪朝哪代，哪一個除穢師之手，而效果只有一個，就是為了躲避老王叔叔的詛咒。

計茹帛見夜諾在看自己脖子上的玉，苦惱道：「這塊玉原本是溫潤翠綠的，可是在老王叔叔來了後，就變了色。」

三位室友相繼死亡後，計茹帛也不敢待在宿舍中，她請了個假，準備回家了。

家裡不富裕，計茹帛也是個節儉的人。

她捨不得兩塊錢的公車票，尋思學校離家不遠，拖著行李，她剛走出校門不久，就覺著身後有人跟著她。

少女轉頭張望，身後人來人往，並沒有看到可疑的人。

再次繼續往前走時，計茹帛越發覺得，背後有一雙血淋淋的邪惡視線，一眨不眨的盯著她看個不停。

她有些怕了，加快腳步。

路過街道上的商店櫥窗時，計茹帛偶然瞥一眼櫥窗前的落地玻璃，一看之下，她大吃一驚。

就在自己身後不遠處，赫然站著一個穿著黑色衣服，戴著森白面具的怪人，那怪人面具上露出陰森的怪笑，死死盯著自己看。

「誰！」計茹帛連忙回頭。

身後空蕩蕩的，幾個偶然從她身旁走過的人，被她尖銳的聲音嚇了一大跳，罵罵咧咧的超過她走了。

轉回頭，櫥窗中，那個戴面具的男子，依然站在自己背後，他又接近了一些，甚至伸出手想要抓住她。

計茹帛身上玉佩一閃，一道綠光劃過，讓那男子的手頓時冒出一股白煙。男子把手縮了回去。

她嚇了一大跳，尖叫著，拔腿就逃。

她發現了一件事，那個戴著面具的怪男人，似乎只能出現在鏡像中，而現實世界，壓根就看不到。

這是怎麼回事？怎麼會發生這種事？難不成茶卜的詛咒真的開始應驗到自己身上？

顧不得省錢，計茹帛追上一輛剛準備關門開走的公車。上車，她長長的鬆了口氣，對面的玻璃上，戴面具的怪人並沒有追上來，而是站在公車下冷冷的看著她，怪異的衝著她笑。

還沒等計茹帛鬆口氣，突然，她感覺脖子上有什麼燒燙燙的，下意識伸手一摸，卻摸到從小就佩戴在脖子上的玉佩。

那玉佩竟然發出巨大驚人的熱量，將她脖子上的一塊皮膚都燒紅了。

哪怕痛得難受，計茹帛也謹記著爺爺的叮囑。

千萬不能取下那塊古玉。

它能保護自己。

講到這兒，計茹帛苦笑道：「這塊玉，最終還是沒能保護我。我回到家後，爺爺不在。那個戴面具的傢伙找到我家，甚至想要闖入屋內，還好爺爺在屋子旁邊擺了某些陣法，它一時間沒能進來。」

直到兩天後，計茹帛的爺爺才回來。一回到家門口，就臉色大變，抓著計茹帛的玉佩，使勁兒盯著看，最後長歎一口氣：「躲沒想到也躲不過，該來的，終究還是來了！」

「一個月時間，用了整整一個月時間。知道逃不過這一劫的爺爺，教導了我許許多多的怪誕知識，這些知識完全顛覆了我的認知。」計茹帛說：「老王叔叔顯然很忌憚我爺爺的手段，但是爺爺卻也無法阻止老王叔叔逐漸靠近我們家。」

計茹帛的爸爸媽媽，也被她爺爺叫回來，但爸爸媽媽回家時，已經變成兩具躺在棺材中的屍體。

爺爺臉色鐵青，什麼也沒說，只是更拚命將自己所知曉的知識，灌輸入計茹帛的腦子裡。

掌燈人，什麼是掌燈人？

據說，成為島上村的掌燈人之前，計家的老祖宗還是個挺厲害的除穢師，為了阻止千多年前座敷靈的詛咒蔓延，他憑著一己之力，將老王叔叔的詛咒，硬生生壓在島上村的某一處。

令詛咒限制在島上村的範圍中，不再禍害外界。

老王叔叔的真身到底有多恐怖，沒人知曉。

計家的老祖宗為後代傳下了一盞油燈，據說那盞油燈能夠稍微抗衡老王叔叔的詛咒，而掌燈人的諸多法門，也全都是圍繞著那一盞油燈，才能施展。

「最終，我還沒將爺爺的手段全部學會，老王叔叔就已經進了家門，爺爺拚死將油燈塞給我，讓我回到島上村。我逃走時，只看到老王叔叔的手，刺穿了爺爺的心口。」計茹帛淚流滿面：「爺爺讓我回到島上村的祖宗祠堂，說這裡邊藏著對付座敷靈的終極手段，但是我找了快一個月了，卻什麼也沒能找出來。」

夜諾聽完，沉默半晌。

他覺得計茹帛在某些事情上有所保留。不過人性本來就是如此，如果對萍水相逢的自己什麼都全盤托出的話，那才是真的傻子。

「你那盞油燈，能給我看看嗎？」夜諾指指計茹帛放在一旁的油燈。

計茹帛沒拒絕：「可以。」

她隨手拿起油燈，遞給夜諾。

夜諾接過油燈，在昏暗的白熾光下左右翻看。這盞油燈非常古老，通體由青銅鑄造，入手很沉，大約有五斤重。

油燈的形狀下邊彷彿殭屍電影中的攝魂鈴，中間收窄，上方一個小碗。通體的銅身因為經常被手掌摩擦的原因，早已變得斑駁不堪。青銅色的鏽跡，如同一朵朵盛開的花，帶著滄桑感，神秘之極。

油燈的最底部，還刻著兩個楷書小字：千歲。

這油燈是典型的唐代祭祀用的，叫做千歲燈。

夜諾並沒看出這油燈有什麼出奇的地方，它彷彿就是一盞普通的上年紀的古老物件，甚至沒有刻上任何的除穢咒法，但為什麼老王叔叔偏偏就害怕它呢？

想了想後，夜諾微微一搖晃油燈。

油燈中發出液體流動的悶聲。他轉過油燈朝頂端一看，就看到油燈的燈油。這燈油沒味道，剩下的也不多了。在油燈的碗口中，只有一層的黑色燈油，油濃得化不開，黏稠到要使勁兒搖晃，才能讓它流動。

怪了，這是什麼油？

夜諾竟然沒分辨出來。

難道這盞燈可以克制老王叔叔的原因，就是這燈油？而且計茹帛大咧咧的就將油燈遞給了夜諾，顯然還有另一種可能。

這油燈，必須要由掌燈人的血脈，才能夠使用，夜諾拿去了，也不過只是廢燈一盞而已。

夜諾將油燈還了回去，又問：「你說你爺爺臨死的時候說祠堂中，藏著對付老王叔叔的東西？」

「對！」計茹帛將油燈放在手心裡摩挲著，臉上犯難：「可是我在這裡偷偷摸摸的找了一個月，卻什麼都沒有找到。每張畫像後邊，每一個牌位裡邊，牆上的每一塊石頭，我都摸過檢查過，就連這張石頭床，我也拆了，還是一無所獲。」

她看看窗外，外界的天開始變亮，黑洞洞的老王叔叔們也在日光快要照射大地前，終於逐漸散開了。

「或許不是你找不到，而是你沒找到竅門，既然是救命的東西，你爺爺肯定不會放在好找的地方。」李家明撇撇嘴。

計茹帛瞪了他一眼：「別跟我講大道理，這道理我怎麼會不知道。只是爺爺估算錯了時間，這一次座敷靈的詛咒太強大了，他的陣法提前破裂，最後根本沒來得及告訴我東西藏在祠堂中的哪裡。」

夜諾一聲不吭，他不斷觀察著石屋裡的一切。

這間屋子幾乎有一千年歷史了，由於是石塊修建的，所以哪怕快要塌了，也很容易修整。每一塊建築用的石頭上，都用極小的字編上號碼，這應該是製造祠堂的掌燈人，為了怕後人將順序弄錯了。

小石屋大約十平方公尺，夜諾心裡一算，計算出石塊的數量。

一共九千九百九十九塊，一塊不多，一塊不少。天道缺一，剛好是除穢陣最常用的奇數排列方法。

九千多塊石頭，組成一個神秘的除穢陣。

夜諾隱約覺得，這個除穢陣和偽娘老闆娘佈置在整個島上村的除穢陣法，有許多相似的地方。

兩種除穢陣，應該是師出同門。只不過祠堂的除穢陣，為的是不讓老王叔叔進來，而島上村的除穢陣，卻增加了老王叔叔的穢氣。

島上村的掌燈人和偽娘老闆都深深的瞭解座敷靈啊。

突然，夜諾眉頭一挑：「計茹帛，你有沒有試過在祠堂裡點亮千歲燈？」

「咦，你怎麼知道這盞燈的名字？」計茹帛奇怪的叫道，然後就明白了，估計是夜諾看到千歲燈下邊的小字。

接著她眼睛一亮。

對啊，這想法倒是有些靠譜。自己一直以來都謹遵爺爺的遺囑，小心翼翼節省著千歲燈中不多的燈油。

所以確實沒有在祠堂裡點燃過油燈，而古舊的時代，沒有燈泡的年代，祠堂千百年來通常都是需要點燃長明燈的。

說不定，點亮油燈，真的有意想不到的發現。

「那我試試！」計茹帛示意李家明把白熾燈關掉。

李家明喀嚓一聲拉動白熾燈的繩子，屋裡頓時就陷入了深深的黑暗中，伸手不見五指的暗，讓人非常不舒服。

「我點燈了，你們仔細看看有沒有什麼發現。」計茹帛說完，千歲燈就亮起來。

微弱的火光，搖擺的光明，顫抖在石頭屋子裡。

房子並沒有變化，只是被燈照亮了而已。

夜諾皺皺眉頭，他突然發現，千歲燈上有一股怪異的氣息，那氣息中似乎少了些什麼，奇了怪了，這盞燈莫不是博物館中流傳出來的物件？

不，不對。

但是那股氣息非常純粹，應該是修習過正宗暗物質修煉術的人才會有。製作這盞燈的人，極有可能就是博物館某代的管理員。

「再給我看看。」夜諾向計茹帛伸手，把千歲燈拿過去。

只見夜諾接過燈，體內純粹的暗能量立刻就湧入燈內，千歲燈彷彿得到大補之物，火焰大炙，發出的燈光都變了顏色。

不多時，屋子裡的計茹帛和李家明兩人，驚訝得張大了嘴。

臥槽，太驚人了。

油燈變色後，房子裡的石頭一接觸到燈光，就變了模樣。九千多塊石頭同時反射著油燈的光焰，無數玄妙的咒法符號從石頭裡漂浮出來，煞是驚人。

唯有一塊石頭，仍舊平凡無奇，猶如黑洞般，只是吸收燈光，卻通體黝黑。

「你到底在做什麼！」計茹帛驚訝的問。

夜諾沒回答，只是指著那塊黑漆漆的石頭：「這塊石頭有問題。按下去試試。」

計茹帛沒再繼續問下去，她明白，夜諾不會對自己說明的，這她很有自知之明，她緊張的嚥下唾液，點點頭。

計茹帛朝那塊唯一不發光的石頭走近，輕輕一按。就在這時，房間裡某一處，發出「啪嗒」一聲，機括開啟的響聲。

「聲音是從床下邊發出來的。」夜諾一招手，招呼兩人跟自己到床邊。

祠堂的床很老舊，下邊是結結實實的石頭壘成。夜諾將床下的石頭搬了幾塊出來，發現原本地面的位置已經露出一個巨大無比的深洞。

在未解除開關前，沒人能找得到那個洞。

「走，進去瞅瞅。」夜諾捏個手訣，率先掀開床板，鑽入洞中。

這個洞穴是天然形成的，很深很深，下降的坡度也很陡。洞幽靜曲折，從內部散發著驚人的涼意。幽深的洞壁，只有一點七公尺高，六十公分寬，稍微胖一點的成年人都無法通過。

但幸好夜諾一行人中沒有胖子。

往下走了大約半個小時，夜諾幾乎覺得自己已經離開了島上村，來到長江水渠底下了，但隧道仍舊沒有盡頭，洞穴還在向下向前蔓延，像是直接通往地獄深處。

「好冷。」計茹帛和李家明畢竟是普通人，周圍的溫度接近零度了，哪怕吐一口氣，都會蒙上一層白毛霧氣。

夜諾給兩人甩了一個暖身咒，他們這才舒服了些。

「老三，你說這洞穴通往哪裡？」李家明問。

「你問計茹帛。」夜諾撇撇嘴，他的精神全神貫注，感受著洞穴中的一切變化。

計茹帛忙道：「我也不知道。天可憐見，我兩個月前只是個再普通不過的女孩子。但既然爺爺說，祠堂裡能找到對付和封印座敷靈的東西，那這個洞穴，應該是比較安全的吧。」

李家明打了個哆嗦：「安不安全我不知道，再走下去，我估計就要先冷死了。老三，能再給我加一層 BUFF 不？」

「滾！」夜諾白了他一眼。

這天然形成的洞穴，實在是太深了。而且夜諾有一種非常不舒服的感覺。現在他還有很多疑惑，例如自稱老王叔叔的穢物，在村人口中稱為座敷靈。

座敷靈從名字上判斷，就是只應該待在家裡的穢物。老王叔叔的詛咒很奇怪，存在方式也很奇怪，特別是計茹帛的爺爺的話，更令夜諾奇怪。

既然島上村有封印老王叔叔的東西，為什麼不早點封印它，反而讓它的詛咒不斷的蔓延，禍害了島上村的村民數千年？

那個神秘的偽娘老闆娘，她費盡心思，惡事做盡，將島上村修建成一個大大的穢陣，又拚命的想辦法散布老王叔叔的詛咒，將老王叔叔的詛咒，送到每一個逃離島上村的島民以及他們的後代身上。

為的是什麼？

目的又是什麼？

這一切，都像是一個謎，一場大陰謀。

雖然偽娘老闆娘被夜諾打傷了，可他的陰謀並沒有結束，而是更加恐怖的蔓延開來，甚至已經有了失控的跡象。

島上村的初代掌燈人，究竟在祠堂下方的深處藏著啥？為什麼掌燈人的油燈，是某代管理員製作的？

當初島上村究竟發生了什麼可怕的事情？

夜諾覺得自己被無數的謎緊緊纏繞，終於，眼前一亮，峰迴路轉，洞穴到了盡頭。

他們三人來到一座更大的洞穴中。

洞穴內處處都有人工雕琢的痕跡，原本單純的鐘乳石洞穴，地面被填平，頂上危險的稜角被敲碎。

這個大洞穴應該有個兩百平方公尺。

洞穴的中央，有座高高的祭壇，目視二十多公尺高。

順著地勢拾階而上，當看到祭壇上放著的東西時，夜諾彷彿雷擊般，徹底懵呆住了。

你奶奶的，簡直是踏破鐵鞋無覓處，得來全不費工夫，祭壇正中央放著的，正是第三扇門的任務——

封印著陳老爺子骨頭的青銅盒子！

看著那熟悉的被銅鎖鏈鎖著的盒子，夜諾一動也沒有動，甚至沒有任何表情，因為太吃驚了，吃驚過後，就是怕。

陳老爺子的盒子怎麼會出現在這裡，在這個祭壇上？它，就是島上村初代掌燈人用來對付老王叔叔那隻穢物的後手？

怎麼想怎麼都覺得不太對。

既然島上村有博物館的管理員來過，他沒理由放著青銅盒子在這兒卻不拿走，極有可能這青銅盒子，就是他的某一扇門的任務。

青銅盒子還在，說明那位管理員的任務失敗了，慘死在這兒。

夜諾的臉色陰晴不定。能夠製作千歲燈的管理員，等級應該不低，至少夜諾現在這個菜鳥，是絕對製作不出來的。

他都會死在這兒，那麼這個洞穴絕不簡單。

看似觸手可及的青銅盒子，更不是那麼容易就能拿到手。

「那個青銅盒子裡，會不會裝著對付老王叔叔的物件？」李家明興奮的問。

走了這麼遠，折騰這麼久，他似乎看到救出程覓雅的希望，這傢伙連忙朝祭壇上跑！

夜諾眼疾手快，一把將李家明給拽住。

「老三，你拽我幹嘛？」李家明這二貨不解道。

「你看這祭壇，不簡單啊，估計上去了，你就下不來了。」夜諾拍拍他的背，還沒等李家明反應過來，巨大力氣襲擊下，李家明整個人都被夜諾拍飛起來，遠遠的落在祭台對面，十多公尺遠外的地方。

摔了個屁股墩的李家明一邊叫痛，一邊抱怨：「老三，你太用力了，直接把我都給……臥槽！」

話還沒說完，就看夜諾一個飛快的轉身，手中一拍，掏出百變軟泥，化為一把寒光四射的寶劍，直直的朝計茹帛的喉嚨刺去。

計茹帛尖叫一聲，捂住眼睛。

「老三，你攻擊計茹帛幹嘛？」李家明喊道。

夜諾不吭聲，出手異常堅定。

說時遲那時快，捂著眼睛的計茹帛眼見寶劍的鋒利尖銳不改，就要刺穿自己纖細的脖子，只好伸出右手，輕輕搭在劍刃上。

動如脫兔的劍光，頓時破裂，再也無法動彈絲毫。

李家明瞪大了眼，他感覺到洞穴中的氣氛，越發詭異了。夜諾突然攻擊計茹帛，而計茹帛看起來明明只是一個普通女孩罷了，竟然一伸手就能將夜諾的劍用兩根指頭夾住。

夜諾的力氣有多大，李家明剛剛已經真實的感受過了，一個巴掌，就能把自己拍飛出十多公尺。

計茹帛顯然不是真的普通女孩。

她到底是誰？

「老闆娘，還不把你的易容穢術消掉。」夜諾冷哼一聲：「你現在的樣子，可不太配你。」

計茹帛的臉很詭異，左邊臉露出驚恐欲絕的表情，右側臉蛋卻在笑，笑得沒心沒肺，甚至還透著一股嫵媚。

「夜諾先生，你是什麼時候看透人家是假冒的？」計茹帛在臉上一抹，白光一閃，那充滿著古典美的面容就露出來。

這偽娘特麼比娘們還漂亮。

李家明對於自己看到偽娘老闆心跳加速，充滿了罪惡感。

「我抓住千歲燈的時候，就看破了你的偽裝。」夜諾道。

「那你為什麼不拆穿我？」偽娘好奇問。

「為什麼要拆穿你？你利用我進洞穴，而我，不也是在利用你？畢竟這裡有我想要的東西。」夜諾撇撇嘴。

「嘻嘻，這裡有你想要的東西？」偽娘愣了愣，明亮的大眼睛一挑：「什麼東西？說不定咱倆不用打打殺殺，你選你的，我選我的。」

「就怕我們想要的東西是同一個。」夜諾咧嘴一笑。

「原來如此。」偽娘的視線，掃到祭台最頂端的青銅盒子：「你想要那個盒子？難不成你認得這個盒子？奇了怪了，你怎麼會認得這盒子？」

「你把盒子讓給我，我就放你走。」夜諾道。

偽娘黑乎乎的眼珠，一眨不眨的看著夜諾：「我怎麼覺得你在撒謊。」

「我才覺得，你一直在撒謊。」夜諾手一甩，本來還被偽娘夾著的劍，瞬間化為一團軟軟的泥巴：「你明明受了傷，卻用某種手段強行壓下傷勢，我看你能撐多久。」

說著，百變軟泥變為一把槍，夜諾將一把硬幣塞入槍中，對準偽娘一陣狂射。

「嘻嘻，人家撐得肯定比你久。」偽娘身體柔軟得像是一條蛇，身影閃動中，竟然將所有的硬幣都閃開了。

她對夜諾手裡的百變軟泥非常好奇：「你手裡的是什麼除穢器？實在是太神奇了。它至少也是A級的寶物，對吧？你明明只是一個F級別的除穢師，手段卻層出不窮，寶物也很讓人意外。夜諾啊，夜諾，你到底是從哪裡蹦出來的，人家怎麼從來就沒有聽說過你的名號？你解決了我們陰教千年都沒解決的難題，人家就知道，嘻嘻，當你能破解我的血術的時候，人家就在想，說不定你也能一併解開這島上村祠堂的封印，果然沒錯。人家真是聰明，嘻嘻嘻，不枉人家殺了真正的計茹帛，將她的血煉製成燈油，還在你面前演了一場苦肉計。」

陰教？

這個教派，是這偽娘的組織嗎？

「你果然是殺了真正的掌燈人。哼，我自然是從我媽肚子裡蹦出來的，你這個偽娘倒是可惜，要被我活活打回你媽肚子裡去了。」夜諾一邊口頭攻擊，一邊手頭攻擊不停。

一聽夜諾叫自己偽娘，偽娘頓時就怒了：「人家最討厭別人叫我偽娘！」可一轉臉，他卻又在笑：「夜諾，你真的很神奇，留在世上太可惜，要不，加入咱的陰教吧，人家當你的引渡人。」

夜諾搖頭：「我就怕加入你們陰教後，變得跟你一樣，學一些邪門歪道，變得不男不女。」

偽娘真的怒了：「人家沒有不男不女，只是身體裝錯了靈魂，既然你不加入我陰教，今天就留你不得！」

強壓下體內傷勢的偽娘，猛地掏出一把藥丸塞入嘴中，他七竅噴出一股黑煙，渾身冒出龐然的暗能量氣息。

氣息所過之處，無風自動，巨大的壓力讓人喘不過氣。

「人家暫時恢復了本來的實力。」偽娘揉揉手腕，感覺一下身體狀況：「拚著我修為降半截，人家今天非殺了你不可。」

A級除穢師可怕如斯，讓夜諾寒毛都豎起來。

「再給你一次機會，你加入陰教還是不加入？」

「滾！」夜諾賞了他一個動詞。

「好，你要求死，人家就成全你。再神奇，你也不過是個小小的F級罷了。」

偽娘知道夜諾極為瞭解血術，打死都不敢再用血術了。

他一抬手，就是最基本的除穢術。

「天魁咒。」

天魁咒非常基礎，但是對於夜諾而言，遠遠比高級咒法更加致命。因為越是高級的咒法，花樣越多，越容易出現破綻，但是基礎咒法不同，千錘百鍊，好練好學，這就代表著，沒有可乘之機。

偽娘的除穢力，在空氣中凝結成雷電之氣。

穢物怕雷，人類同樣怕雷。只要是有機物，都怕雷電。普通除穢師用起天魁咒，頂多就是召喚出一道電壓大約一千伏的電弧而已。

可作為A級除穢師的偽娘，一個普普通通的天魁咒在他手中，就是鋪天蓋地的雷光，無數雷光閃爍，跳躍在這個洞穴空間裡，躲無可躲，避無可避。

「哇，要死了，要死了。」被天魁咒覆蓋的，遠不只夜諾，還有大呼小叫，一臉死灰的李家明。

夜諾一抬手，甩出兩個結界術，勉勉強強擋住了幾道落雷，擋幾下，結界術就破了。

「死！」偽娘用藥物強壓著傷勢，其實哪怕他受了重傷，他的實力也是可怖的。就算是普通的A級除穢師來了，他也伸手就能殺死。

但是夜諾這傢伙在偽娘的眼裡，太邪乎了，不能用常理度之，他壓住傷，吞藥，用最巔峰的實力，力求在最短的時間中，將夜諾殺掉。

畢竟他的傷撐不了多久，撐久了，就會動了根基。

夜諾在天魁咒的雷光中，躲來躲去，這傢伙滑溜得很，一邊躲，一邊還又開始用不知名的咒法噁心起偽娘來。

偽娘怒了，左手召來天魁咒，右手還施展了個地魁咒。

猛然間地面轟隆作響，無數尖銳稜角地刺從地面拱起，不光阻礙了夜諾逃避的速度，更是絕了夜諾逃避的空間。

「臭傢伙，看你還死不死！」偽娘怒罵道。

就在這時，夜諾突然笑了，指了指偽娘的身旁：「你看看你周圍。」

「你唬我！」偽娘冷哼一聲，可他看夜諾的笑那麼詭異可恨，難道自己身旁，真的有啥？

一看之下，偽娘不由得一股冷意，從腳底竄了上去。

只見不知何時，大量的老王叔叔，已經圍攏在她兩旁，一個個的森白面具，一個個的冷冽陰森的笑，還有那黑色的長袍。

上百老王叔叔的眼中，只有他。

「怎麼回事！夜諾，你到底做什麼！」偽娘驚叫道。

「我做什麼？」夜諾淡淡道：「恐怕，你沒機會知道了。」

說完，老王叔叔將偽娘圍起來，每一隻老王叔叔，都在說著同樣的話：「小月月，我們來玩吧，一起玩遊戲吧。」

「人家才不要跟你們玩，你們明明應該聽人家的話，人家才是真正控制你們的主人。」偽娘尖叫道：「快去，我命令你們，去殺掉那兩個傢伙。」

老王叔叔卻只看著他，向他撲過去，一層一層，層層疊疊。

「來玩吧，來玩吧，我們來玩遊戲吧，輸了，你會死的那一種哦！」

老王叔叔們，一邊蜂擁著裹住他，一邊說話。

偽娘再也顧不得傷，手中的藥丸不要命的朝嘴裡塞，手中無數除穢術轟擊出去，可是擁有量子態的老王叔叔，很難殺掉。

時間緩慢流逝，沒多久，偽娘就彈盡糧絕，縱然是A級除穢師，也累得傷得癱倒在地。很快，就被一層層的老王叔叔給覆蓋。

當塵埃落盡時，只剩下一地的污穢。

——尾聲——

夜諾在祭壇後方，救出被老王叔叔神隱去的其中一小部分人。可是絕大部分人已經死了。被老王叔叔吃盡血肉，只剩下風乾的一張人皮。夜諾從祭壇上拿走了陳老爺子的青銅盒子，還在祭壇中，找到一本手札。

手札的作者曾經是博物館編號 1874 的管理員，他是唐朝人，活在距今一千多年前。從手札中的種種記載判斷，這位管理員最終死在洞穴裡。

事情的前因後果，夜諾通過手札和連猜帶矇，推斷如下：

整件事最初發生在一千三百年前的島上村，那時候的島上村還一片寧靜祥和，男耕女織，可突然有一天，地震來襲，島上村的山脈下方偶然裂開一條縫隙。

這通道的盡頭，竟然直通靈界的某一處。

至於靈界是什麼，夜諾並不清楚，手札也沒提及。

但就是那個時候，一隻穢物趁著靈界之門大開的瞬間，逃進了人間。

那隻穢物，就是自稱「老王叔叔」的暗物質怪物。

這穢物很奇怪，有數不盡的分身，靠著進入人間的居民家中，吞噬他們的恐懼和他們的存在感。

原本的老王叔叔極有可能是虎級的存在，這種可怕的穢物，會造成整個人界的動盪。從島上村開始，老王叔叔的恐怖如同瘟疫一般蔓延，甚至險些覆滅那時候的王朝。

而1874號管理員第二十一扇門的任務，就是殺死老王叔叔，從它手中奪取裝著陳老爺子骨頭的青銅盒子。

1874號管理員的實力雖然也強大，但是他仍舊無法獨自殺死虎級的穢物，特別是那時候，老王叔叔已經不知從哪裡搶到一個青銅盒子。

裝著陳老爺子骨頭的盒子中有一股神秘力量，不光令某些人活活變成穢物，更能增加穢物的實力。

擁有青銅盒子的老王叔叔比當初更加可怖。它的分身多之又多，同時進入了數百萬家庭，每一隻老王叔叔，都是一隻狗六級穢物。

最可怕的是，用常規的手段根本殺不死它們。

1874號管理員當時在人間擁有很大的影響力，他被公認為人間行走的神。靠著這影響力，他號召了黑白兩道除穢師組織，組成數十萬除穢大軍，向老王叔叔展開反擊。

就在即將勝利，管理員即將要成功的把老王叔叔鎮壓在修好的島上村祠堂下時，陰教從背後偷襲了他。

之後的事情，就不難猜測了。

1874 號管理員用盡最後力量，啟動了祠堂的封印。而陰教之所以偷襲管理員，是因為他們內部似乎掌握到某種控制老王叔叔的方法，他們想要利用老王叔叔，一統除穢界。

博物館的管理員何其強大，他拚死施展的結界，不光封印了老王叔叔絕大部分的能量一千多年之久，甚至還殺光了陰教大部分骨幹，讓他們一蹶不振數百年。

但陰教並沒有死心。

島上村延續千年的詛咒，本就是老王叔叔力量的一小部分，老王叔叔的詛咒，被限制在島上村，村民悲哀的命運，一代又一代延續著。

更可怕的是，其中一小部分村民，擁有著 1874 號管理員的血脈，是那位管理員和某個島民誕生下的後代。

陰教想要打開祠堂封印的決心一直沒有散過，千年來，他們在島上村養蠱似的，將所有擁有 1874 號管理員的血脈圈養起來。導致島上村最終剩下的人，都是近親，近親不斷結婚，讓 1874 號管理員的血脈，不斷變濃。

直到今年。

千年過後，封印已經變得非常薄弱。而陰教那個妖孽偽男，不知道在教派中屬於什麼身分，總之在他的領導下，陰教將整個島上村修建成一個大大的除穢陣，用來消磨祠堂的陣法。

而 1874 號管理員的血脈只要夠濃，陰教就能用秘法，利用這些血脈來最終破除封印。

一切的一切，陰教想得都很美好。他們利用秘法來控制老王叔叔的力量，將老王叔叔的詛咒散布出去，哪怕離開了島上村的人，也沒能逃脫老王叔叔的詛咒。

其中原因，夜諾猜測，是陰教刻意利用 1874 號管理員的後代血脈，來磨練老王叔叔，讓老王叔叔能夠習慣施術者的鎮壓。

毋庸置疑，1874 號管理員最後施展的封印以及鎮壓老王叔叔的術法，必然是博物館中記載的血術。

強大的血術封印在一般情況下，只能用施術者的血來破解。

這就是為什麼老王叔叔把所有逃出島上村的人，都詛咒了一遍。或許是鎮壓在祠堂下的老王叔叔那穢物，感覺自己吸收了大量的血脈之氣，只要再加一把勁，再多吸收一些就能成功掙脫了。

所以，最近詛咒才會大爆發，李家明、程覓雅等等數百人，才會同一時間被詛咒，被帶回島上村，迷迷糊糊的走入鎮壓老王叔叔的地方，被老王叔叔吸食血氣。

無奈陰教和座敷靈運氣不太好，遇到夜諾，導致功虧一簣。

等到夜諾救出眾人的時候，活著的人已然不多。

張恒一家子很早就被老王叔叔吸食了，幸好李家明的老爸，以及程覓雅一家人，都還僥倖活著。

夜諾的能力不夠，他將1874號管理員留下來的千歲燈送給程覓雅，1874號管理員的血脈在她體內最是醇厚，夜諾又教了她一些血術，這些可以讓程覓雅利用千歲燈，透過自身的血脈，加深老王叔叔的封印。

程覓雅就這樣成為了島上村的掌燈人。

一切，看似這麼結束了。

但是夜諾深深明白，其實一切才只是剛剛開始而已。

雖然自己利用提前在千歲燈上做的手腳，陰了偽娘一把，但是偽娘其實並沒有真的翹辮子，總有一天，他會來找回場子，到時候肯定還有一場惡戰。

這場惡戰，難以避免。

至於究竟還能鎮壓老王叔叔多久，誰知道呢？畢竟它吸食了大量的血脈，估計血術封印，也撐不了多久。何況，陰教的人，也不會放棄。

夜諾第一次有一股衝動，想要變強的衝動。

一直以來，他都被父母保護得很好，而且自身天賦極高，所以這傢伙常常都是一副吊兒郎當的心態。

今後的路，不好走啊。必須要更加強大，才能保護好自己，破解博物館的秘密，甚至找出父母的生死之謎。

夜諾回到春城，在回到博物館提交第三扇門的任務前，他先來到一間偏僻的屋子裡。

一進門，正在屋子中百無聊賴的幾個人，唰的一聲反射起身。

「主人好。」幾個人卑微的鞠躬。

定睛一看，赫然正是當初在李強的書房中，本想要殺死夜諾的幾個除穢師。夜諾不光沒有殺掉這幾個除穢師，甚至還放了他們，讓他們躲在這個屋子中。

夜諾大咧咧的坐到簡陋屋子唯一還算好的那張椅子上，一揮手：「起來吧。」

他從懷裡掏出幾本書，扔在地上：「這些除穢術和功法，是我特意挑出來，最符合你們成長的東西。拿去認真練習。」

五人中的隊長，那個黑臉中年男忙不失措的道謝後，將A4紙張胡亂列印出來的書撿起來，只看一眼，就腦袋嗡的一聲，險些瘋掉。

這上邊的術法功法，聞所未聞，但確確實實最適合他們。這本書上的內容，每一個都是除穢師們夢寐以求的。甚至，根本無法判斷等級和價值，因為這本書，實在是太珍貴了。

黑臉男子非常清楚，以自己的實力，恐怕終其一生，都無法接觸到書中最低級的除穢術。

因為他的天賦有限，終究走不了多遠。

他捧著書的雙手在發抖，猛地將這本書藏在懷裡，生怕被人搶走。這書，可比自己的命寶貴多了。

有了這書，哪怕是自己這種低劣的天賦，也能往前多邁一步，不，甚至兩步三步！

同樣的情況下，也發生在另外四人身上。

五個人激動的手舞足蹈，跪在地上不停的對夜諾磕頭。有了這些書，五人的實力肯定能在短時間內成長，以他們的資質，一輩子大概也就死撐能修煉到E6級別罷了。

可現在不一樣，完全不一樣了。

只要依據書中的功法，E級頂峰算個啥，D級也不難，甚至他們能摸到C級的腳後跟。

「你們被我下了咒，那個死咒無人能解，相信你們早就已經嘗試過了。」夜諾淡淡道：「但是你們只要好好幫我辦事，以後不會虧待你們。更好的功法和除穢術，我還有很多。」

黑臉男子五人又磕了幾個頭：「不敢不敢，我們絕對不會背叛主人您。」

夜諾撇撇嘴：「從今天起，你們在我面前，沒有名字，只有編號。從左數，依次是一二三四五號。你們的任務，是盡量提高等級，打入組織內部，掌握組織的核心秘密。清楚？」

「是，主人。」五人高聲道。

「去吧，從哪兒來，就回哪兒去。關於組織的所有秘密，事無鉅細，每天都發秘密郵件給我。」夜諾揮揮手，讓五人離開。

一個擁有如此多神奇除穢術和神奇功法的主人，他們還能去哪裡找。這幾個人決定就算是死，也要抱住夜諾的粗大腿。

轉身，他看看手中的手札。

1874號管理員在手札最後，用密語告誡後來的管理員。

世間所有除穢組織都不可信。最早用來幫助管理員更好完成任務的各種除穢師組織，已經完全失去了當初的信念。

他們早已成為了管理員的絆腳石。

最可怕的還不是陰教。

1874號管理員用血在手札中寫下的最後幾個字，甚至都沒有提到背叛偷襲自己的陰教，而是：小心龍組。

龍組？

夜諾瞇瞇眼，頭也不回的走入暗物質博物館中。

——本集終——

夜不語作品 39

怪奇博物館 104：座敷靈（下）

國家圖書館出版品預行編目資料

怪奇博物館 104：座敷靈. 下 ／ 夜不語 著.
— 初版. — 臺北市：春天出版國際， 2020.11
面；　　公分. —（夜不語作品；39）
ISBN 978-957-741-301-7平裝）

857.7　　　　109015913

ISBN 978-957-741-301-7
Printed in Taiwan

作者　夜不語
總編輯　莊宜勳
主編　鍾靈
責任編輯　蘇星璇

出版者　春天出版國際文化有限公司
地址　台北市忠孝東路四段303號4樓之1
電話　02-7733-4070
傳真　02-7733-4069
E-mail　story@bookspring.com.tw
網址　http://www.bookspring.com.tw
部落格　http://blog.pixnet.net/bookspring
郵政帳號　19705538
戶名　春天出版國際文化有限公司
法律顧問　蕭顯忠律師事務所
出版日期　二〇二〇年十一月初版
定價　299元

總經銷　楨德圖書事業有限公司
地址　新北市新店區中興路二段196號8樓
電話　02-8919-3186
傳真　02-8914-5524